문지스펙트럼

지식의 초점
6-003

수사학

박성창

문학과지성사

지식의 초점 기획위원 정문길·권오룡·주일우

문지스펙트럼 6-003

수사학

1판 1쇄 발행 2000년 2월 15일
1판 8쇄 발행 2021년 4월 9일

지은이 박성창
펴낸이 이광호
펴낸곳 ㈜문학과지성사
등록 제1993-000098호
주소 04034 서울 마포구 잔다리로7길 18(서교동 377-20)
전화 02)338-7224
팩스 02)323-4180(편집) 02)338-7221(영업)

전자우편 moonji@moonji.com
홈페이지 www.moonji.com

ISBN 978-89-320-1146-2 04800
ISBN 978-89-320-0851-6(세트)

ⓒ 박성창, Printed in Seoul, Korea.

수사학

책머리에

수사학에 관한 비유적인 표현 가운데 롤랑 바르트가 제시했던 '수사학의 제국'이란 표현만큼 수사학의 성격을 적절하게 나타내주는 것도 없을 것이다. 서구에서 태어나고 자라났으며——수사학의 기원을 예컨대 고대 중국이나 인도가 아니라 굳이 고대 그리스로 잡는 이유에 대해서는 보다 꼼꼼히 살펴볼 필요가 있다——수없이 많은 정치적 '제국'들의 흥망성쇠를 지켜보면서 수천 년을 지속해온 수사학에 대해 '제국'이라는 표현을 쓰는 것은 너무도 당연한 일인지도 모른다.

수사학은 그만큼 신축성이 뛰어날 뿐 아니라 그 응용의 폭도 넓으며 그 의미의 외연도 크다고 하겠다. 대체로 보아 수사학은 말에 부여하는 신뢰도에 따라 그 침체와 부흥을 달리해왔다고 할 수 있다. 즉 말을 신뢰하지 않고 그 자유로운 표현을 억압하며 말을 통한 의사 소통의 가능성을 최대한으로 억제하려는 사회에서는 수사학의 온전한 발전을 기대하기 힘들며, 반대로 말을 단순한 미학적 장식으로 간주하지 않고 그를 통해 진리를 추구할 수 있는 가능성을 엿보며 최선의 의사 소통의 공간을 구성하려는 사회에서는 수사학의 눈부

신 발전이 기약된다. 한마디로 말해 수사학은 넓은 의미에서의 '정치'와 불가분의 관계를 맺고 있다.

이렇듯 수사학이 공공의 영역에서의 자유로운 의사 개진을 전제로 해서만 발전할 수 있다면 다양한 주체들의 다양한 입지점들이 생겨나면서 미세 담론들간의 의사 소통의 문제가 중요하게 부각되는 우리 사회에서 수사학이 제기하는 쟁점들을 검토하는 것은 매우 시의성 있는 작업이라고 할 수 있다.

게다가 사회의 개방성과 다원화가 정보화의 물결을 타고 더한층 가속화되면서 디지털이나 인터넷으로 대표되는 양방향의 의사 소통이 갈수록 증대하고 있는 이 시점에서 '말을 통한 설득'이라는 수사학의 근본적인 문제 의식이 시사해주는 바는 매우 크다. 이런 측면에서 본다면 20세기 중반 이후로 서구에서 폭발적으로 나타난 수사학에 대한 관심의 이면에서 말의 쓰임새와 효과에 대한 관심, 더 나아가서 폭력이 아니라 말이 역사를 바꿀 수 있다는 관심을 읽어내는 것은 충분히 타당한 일이다.

수사학은 말과 생각을 전체적으로 다루는 학문이다. 즉 수사학은 말과 사고의 문제를 '전체적 인간'의 관점에서 연구하고자 한다. 수사학에서는 냉철한 이성이나 논리뿐만 아니라, 가슴과 정념 그리고 육체와 감각까지를 포함하는 인간에 대한 종합적인 관점을 유지하고자 한다.

그런데 말 즉 표현에 지나치게 집착하다 보면 문체론으로 전락하여 순전히 글쓰기, 그것도 장식적인 수사법과 배열의 기술 정도로 한정될 위험이 있으며 생각 즉 사고에 초점을 맞추다 보면 형식논리학의 건조한 틀에 갇혀버릴 위험이 있다. 눈과 귀, 머리와 심장, 이성과 감각을 모두 포괄하는 전체적 수사학은 서구의 수사적 전통의 중요한 유산 가운데 하나이며 이른바 통각적인 것을 지향하는 '멀티미디어' 시대의 한 패러다임으로 해석해볼 수도 있다.

이 책을 쓰면서 개론서 쓰는 일의 필요성과 어려움을 동시에 절감하였다. 지식이 몇몇 학자들의 전유물에서 벗어나서 어떻게 대중들 속으로 파고들어갈 수 있는가라는 문제를 놓고 본다면 쉬우면서도 뛰어난 개론서를 쓰는 것만큼 중요한 일은 없지만 과연 내가 그러한 위치에 있는지, 그리고 우리나라에 아직까지도 제대로 된 수사학 개론서가 없다는 이유에서 서둘러 책을 낼 욕심을 부린 것은 아닌가라는 의문에서는 자유롭지 못했다. 마지막으로 이 책의 출간을 제의하고 줄곧 지켜봐주신 정과리 선생님과 이인성 선생님께 감사드린다. 또 이 책이 나오도록 꼼꼼하게 교정을 보아준 편집부 여러분께 이 자리를 빌려 감사의 마음을 전한다.

2000년 2월
박성창

차례

1장
수사학이란 무엇인가

　수사학이라는 주제를 놓고 어느 두 사람이 토론을 벌이는 경우를 상상해보자. 어떠한 주제에 대한 대화나 토론으로부터 최대한의 합의나 긍정적인 결론을 이끌어내기 위해서는 그에 관한 최소한의 선이해가 대화 상대자들에게 그 전제로 깔려 있어야 할 것이다. 그러나 수사학에 관한 전문가나 학자가 아니라면 그에 대한 토론은 별 성과 없이 끝나기가 십상이다. 어느 한쪽이 수사학이란 말의 표현에 관련된 기법들을 다루는 학문이라고 주장하는 반면 다른 한쪽은 사고의 엄정한 논리성과 추론의 즐거움에 관련된 학문이라고 맞서기 쉽기 때문이다. 한쪽에선 은유와 환유에 대해 이야기하고 싶어하고 맞은편에서는 수사적 삼단 논법, 즉 생략 삼단 논법이 수사적 논증에서 행하는 역할을 강조할 수 있기 때문이다. 수사학은 문학에 대한 연구나 시학적 관점에 이론적 자양분을 제시해준다고도 하고 철학이나 논리학 심지어는 정념의 심리학과 밀접한 상관 관계를 가진다고 말해진다. 그리고 이른바 정보화 시대에 대중들의 의사 소통의 중요성이 그 어느 때보다도 강조되는 지금 우리는 '수사학의 시대'에 살고 있다는 말을 종종 듣곤 한다.[1]

이렇듯 수사학이라는 용어나 그와 관련된 일련의 용어들—'수사' '수사적' '수사법'—은 하나로 통합되기 힘든 여러 가지 서로 다른 의미들을 포괄하고 있다는 데서 어떤 근본적인 어려움, 즉 '수사학이란 무엇인가'라는 수사학의 정의에 관련된 어려움에 부딪힌다. 그 원인을 대략 두 가지로 정리해보면 다음과 같다.

우선 일상적으로 수사학은 경멸적인 의미로 사용된다. 즉 일상 생활 속에서 우리는 '수사학' '수사' '수사적'이란 용어들을 대상의 부정적 가치 폄하를 위하여 사용한다. 예를 들어 내용은 없고 겉치레만 번지르한 담론을 우리는 "공허한

---

1) 예컨대 『수사적 인간』이라는 매혹적인 제목의 책의 저자는 수사학의 시의성에 대해 다음과 같이 설명하고 있다: "20세기 후반에 들어와서 우리는 전파 매체의 획기적인 발전으로 인해서 또다시 수사적인 시대에 살고 있다. 지구촌 시대라는 것은 그만큼 사람의 살림살이가 복잡해졌다는 것을 의미하며 그것이 복잡해지면 그만큼 논쟁이 많아진다. 논쟁의 기술은 설득을 목표로 하는데 설득의 기술이 힘을 발휘하지 못하는 곳에서는 무력이 등장한다. 역사 이래 한번도 그친 적이 없는 전쟁은 인간의 설득의 힘이 얼마나 미약한 것인가를 증명한다. 그러나 설득을 목표로 하는 수사학이 갖는 현실적인 한계에도 불구하고 지금처럼 수사학의 필요성이 절실한 시대도 없을 것이다"(박우수, 『수사적 인간』, 도서출판 민, 1995, p. 11).

14

수사의 남발"이라고 이야기하는데 여기서 '수사'란 내용의 알맹이가 아닌 겉포장을 가리키며 일종의 허식으로서 꾸며지고 장식된 담론을 뜻한다. 수사란 단어의 뜻을 "말이나 문장을 꾸며서 보다 묘하고 아름답게 하는 일 또는 기술"이라고 풀이한 어느 사전(이희승, 『국어대사전』, 민중서림)의 정의는 수사의 미학적인, 보다 정확히 말해서 장식적인 기능을 잘 말해주고 있다. 문제는 수사학에 대한 이러한 일상적인 인식이 수사학에 관한 보다 진지한 접근에 일종의 인식론적 장애물을 구성한다는 데 있다. 수사학을 표현의 층위에 두건 아니면 내용의 층위에 두건간에 그것을 보다 진지하게 파고들어가기 위해서는 수사학에 대한 부정적 수사의 남발을 무엇보다도 경계해야 할 필요가 있기 때문이다. 수사학에 보다 근본적인 기능을 부여하기 위해서는 수사(학)를 그 일상적이고 부차적인 기능에서 구해내야만 한다.

다른 한편으로 염두에 두어야 할 것은 수사학이란 이천 년도 더 넘게 지속되어온 긴 연원을 지닌 학문이라는 점이다. 서구의 지적 전통이 대개 그러하듯이 수사학도 고대 그리스의 정신적 유산에서 비롯된 학문이다. 그러나 수사학의 역사적 전개 과정을 조감해볼 때 다른 무엇보다도 눈에 띄는 것은 그것이 전통과 쇄신의 상호 작용을 통해 전개되어왔다는 사실이다. 즉 어느 시대에나 나쁜 수사학과 좋은 수사학, 극복해야 할 말(또는 글)의 병폐와 실현해야 할 말의 표본이 공존하고 있었다. 각각 수사학에 상반된 입장을 보였던 플라톤과 아리스토텔레스, 그리고 고전주의의 수사학 지향적 태도와 낭만주의의 반수사학적 태도는 그 한 예로 기억할 만하다. 즉 수사학의 역사는 끊임없이 수사학을 대상 언어에서 메타 언어로, 그리고 메타 언어에서 대상 언어로 뒤바꾸면서 전개되는 역사라고 말할 수 있다. 그러면서 수사학에 대한 일련의 정의들이, 그리고 대부분의 경우 상호 적대적인 정의들이 마치 연원이 깊은 나무의 테들이 동심원을 이루며 겹겹이 이어져 있듯이, 공존하게 된 것이다. 수사학에 대한 정의의 다양성 및 상호 모순성은 바로 수사학의 이러한 역사적 상황에 기인한 바가 크다.

수사학이 그 어느 때보다도 활발하게 거론되었던 시기 중의 하나인 20세기 중반을 그 예로 들어본다면 수사학은 학문적으로 거의 합치되기 힘든 내포들을 지닌 복잡한 양상을 보이고 있음을 알 수 있다. 그 극단적인 예들을 살펴보자.

(1) 고양이를 고양이라고 부르지 않고 '집 안의 자존심' '털 달린 작은 공' '야옹 소리'라고 부르는 것은 언어에 다의성의 논리를 도입하는 것이다. 이는 규범에서는 벗어나는 용법이지만 엄밀한 규칙을 갖는 용법이다. 수사학이라는 이 오래된 학문에 대한 경애로서 우리는 이를 수사학적 규칙이라고 명명하는 바이다. 수사학은 이러한 현상들을 심각하게 고려할 줄 알

았으며 그 전체 속에서 파악할 줄 알았다.[2]

　(2) 수사학을 정감적이 아닌 지적인 동의를 얻어내려는 설득적 담론과 일치시킴으로써 우리는 비개인적인 유효성을 주장하지 않는 모든 학문은 수사학에 속한다고 주장하는 바이다. 의사 소통이 하나 또는 여러 사람들에게 영향을 미치고 그들의 사유를 이끌고 정감들을 자극하거나 진정시키고 행위를 촉발할 경우 그것은 수사학의 영역에 속한다. 수사학은 그 개별 분야로 논쟁의 기술인 변증법을 포괄한다. 그럼으로써 수사학은 형식화되지 않은 사유의 광범위한 영역을 포괄한다는 점에서 '수사학의 제국'이라는 표현을 해볼 수 있다.[3]

(1)의 경우 수사학은 문체, 보다 엄밀히 말해서 문채(文彩)figure들에 대한 연구로 국한되며 주어진 텍스트를 문학적인 것으로 만드는 어떤 것에 대한 연구를 지향한다. (2)의 경우 수사학은 설득하고 논증하는 기술로 정의되며 그러한 기술을 잘 드러내주는 예들은 문학 텍스트가 아니라 변론가나 웅변가 또는 철학자의 텍스트에서 취해진다. 전자가 주네트, 토도로프, 코앙, 그룹 뮈Groupe μ와 같은 문학 이론가의 진영에서 다듬어진 수사학의 방향성이며 시학·문체론·문학

---

2) Groupe μ, *Traité du signe visuel*, Seuil, 1992, p. 9.
3) Ch. Perelman, *L'empire rhétorique*, Vrin, 1977, p. 177.

비평 등과 같은 인접 분야들과 연결된다면 후자의 경우 수사학은 철학이나 논리학 또는 변증법과 같은 '진지하고 무거운' 담론들과 관련된다.

이렇듯 20세기 중반의 서구의 수사학은 서로 '분열된' 수사학의 양상을 보인다. '문채의 수사학'과 '논증의 수사학'은 서로 양립되기 힘들어 보이며 각각의 진영에 속한 이론가들은 다른 진영에 속한 이론 또는 이론가들에 대한 논의의 가능성을 애초부터 배제해버린다. '문채'와 '논증'은 서로 합치되기 힘든 두 용어들로 간주된다. 그러나 수사학의 본질에 관련된 이러한 대립은 어느 한 시대에 고유한 것은 아니며 수사학에 관한 거의 모든 시대의 정의들을 양분하고 있다.

즉 한편으로 수사학은 '잘 표현하는 기술'로 귀착된다. 이러한 측면에서 수사학은 표현의 형식적이고 문체론적인 기술을 다루지만 그것의 논증적 성격은 쉽게 인정하지 않는다. 그렇기 때문에 수사학은 줄곧 '잘 말하고 잘 쓰는 기술'로 환원되곤 한다. 수사학에 대한 이러한 정의는 담론의 내용과 그것이 말해지거나 쓰어지는 방식, 이른바 내용과 형식간의 이분법을 전제로 하고 있다는 점에서 상당한 문제점을 야기한다.

다른 한편으로 수사학은 '논증하는 기술' 또는 '설득하는 기술'로 정의된다. 그것은 '잘 말하고 쓰는 기술'로서의 수사학이 지향하는 장식성과 화려함 또는 유쾌함의 성향들을 지양하고 효능 · 진실 · 유용성 등을 그 미덕으로 추구한다. 이 경우 수사학의 사회적이고 역사적인 성격이 분명히 드러난다. 우선 수사학은 정치적 또는 제도적 틀 내부에서 인간들 간의 태도 · 관계 · 입장 들의 역학 관계를 전제로 한다는 점에서 그 사회적 성격이 두드러진다. 즉 수사학은 그것을 준수하는가의 여부가 사회의 토대를 이루는 관습 · 풍속 · 법칙 · 규범 들의 세계 속에서 유통되는 말의 의미와 양상을 따진다. 그러므로 고독의 수사학, 사막 또는 은거의 수사학이나 더 나아가 침묵이나 사색의 수사학이란 존재하지 않는다. 수사학의 세계란 삶, 움직임, 이동, 의사 소통 그리고 사회적 관계들의 세계이다. 또한 수사학이 지향하는 사회적 실천은 인간 집단들을 결집시키고 역동화시키는 상징적 가치들을 중심으로 구성되었을 때에만 가능해진다는 점에서 문화적 차원을 지닌다. 즉 이러한 가치들에 의거하여—그것들에 찬성하든 반대하든간에—행동할 수 있어야 하며 수사학은 이러한 신념 · 기호 · 이해 관계의 세계와의 관련하에서 움직인다. 그러므로 문명 이전의 수사학이나 반문명 또는 야만성의 수사학이란 존재하지 않는다.

이러한 수사학에 대한 두번째 접근법에서 수사학이란 여러 상반된, 심지어는 모순되기까지 한 주장들에 봉사한다고 간주되기 때문에 여기서 수사학은 그것이 전달하고자 하는 내용과는 무관한, 중성적 도구일 수는 없다. 즉 모든 논쟁에서 사용되는 수사학은 논쟁에 참여하는 당사자들로 하여금 상대방의 신념과 가치 체계들을 고려할 것을 요구한다. 바로 거기서 앞서 말한 '잘 말하는 기술'로서의 수사학과 대립되는 이른바 '내용' 위주의 수사학으로 흐를 위험성이 생겨난다. 왜냐하면 앞서 인용된 2)의 정의에 나타나는 것처럼 수사학을 정감적이 아닌 '지적인' 동의를 얻어내려는 '논증'에 일치시킬 경우 수사학은 차갑고 추상적인 논리적 범주들에 대한 연구로 환원되기 쉽기 때문이다.

이러한 '표현 위주의 수사학'과 '내용 위주의 수사학' 사이의 대립을 극복하는 것은 수사학 연구의 중요한 과제로 남겨져 있다. 이렇게 분열된 수사학들간의 틈새를 메우고 수사학의 전체성을 복원하기 위해서는 수사학이 탄생했던 고대 그리스 시대로 거슬러 올라가 수사학의 최초의 모습을 다시 한번 상기해볼 필요가 있다. 여기서 우리는 수사학에 대한 최초의 정의들은 '설득persuasion'의 개념에 집중되어 있으며 이를 통해 내용과 형식의 이분법이나—즉 설득시키기 위해서는 설득에 필요한 논리적 범주들을 잘 설정해야 할 필요가 있지만 표현적 층위를 도외시할 수도 없다— 지적인 범주들과 정감적 차원에 속하는 가치들 사이의 대립을 그 전제로 하지 않는 일종의 통합된 수사학의 모습, 또는 그 원형을 발견할 수 있다.

흔히 수사학을 '말을 통한 설득의 기술'로 정의할 경우 '말을 통한'이란 예컨대 선물이나 돈 또는 다른 유혹의 수단을 통한 설득이나 폭력을 앞세운 강제적인 설득의 형태들과 이를 구별하기 위해서이다. 고대 수사학의 쟁점들을 훌륭하게 설명한 바 있는 프랑수아즈 데보르드에 의하면[4] 설득의 개념은 그리스적 사유의 중요한 요소이다. 타인에 대한 행위의 수단으로서 설득은 물리적 또는 육체적 힘과 근본적인 대립 관계에 놓이며 인간/동물, 문명인/선사 시대인, 그리스인/야만인 등의 다른 대립들과 겹쳐진다. 또한 설득한다는 것은 말하는 사람의 입장에서 본다면 청중에 대한 각별한 관심을 의미하며 청중이 자유로이 거부할 수 있는 어떤 것에 관한 동의를 얻어내기 위해 담론을 사용하는 방식이다. 그런 뜻에서 본다면 말을 통한 설득은 물리적인 억압과 대립될 뿐 아니라 절대적인 권위와도 대립된다. 왜냐하면 말을 통한 설득은 다음과 같은 조건 속에서만 실행될 수 있기 때문이다: 말하는 자와 듣는 자가 평등한 위치에 있어야 하며, 말을 자유로이 할 수 있고 말해진 것을 동의하거나 거부할 수 있는 자유가 부여된 상태이어야 한다.

말을 통한 설득의 기술로서 수사학은 바로 그러한 상황에서 태어났으며 수사학이 기원전 6세기말경에 몇몇 그리스의

---

4) F. Desbordes, *La Rhétorique antique*, Hachette, 1996.

도시 국가들에서 생성되었던 민주주의 체제와 긴밀히 연결되어 있는 것은 결코 우연이 아니다. 수사학이 훨씬 나중에 말의 모든 형태의 생산, 그리고 더 나아가 시를 포함한 문학전체에 적용되면서 '잘 말하고 쓰는 기술'을 가르치는 규칙들의 의미로 받아들여진다 하더라도 처음에는 그것은 단지 '대중들을 향한 연설'에 관련되어 있었다. 즉 초기에 수사학은 다수의 청중들(예를 들어 법정의 심판관들이나 군중 집회에 운집한 청중들)을 설득해야 하는 '상황' 또는 담론을 통해 어떠한 주장을 받아들이게 하고 행동하게 하는 '상황'을 전제로 하고 있었다.[5]

이렇듯 '말을 통한 설득'이라는 수사학에 대한 최초의 정의를 자세히 살펴본 까닭은 수사학이란 서구의 고대 문화 즉 그리스와 로마 문화의 본질적 요소로 출발했음을 상기시키기 위해서이다. 즉 설득의 기술로 정의되어온 수사학은 말이 가장 큰 역할을 수행했던 사회의 필요성에 부응하기 위해 탄

5) 17세기 프랑스 고전주의 문학의 본질적인 요소들이 바로 이러한 '수사적 상황'과 밀접하게 연관되어 있음을 밝힌 아롱 키베디-바르가는 이를 다음과 같이 설명하고 있다: "수사학은 담론을 '상황 속에서만' 인식한다. 즉 수사학은 담론을 수신자와 발신자간의 또는 변론가나 청중간의 또는 법정에서의 변론의 경우 두 변론가들간의 의사 소통의 수단으로 간주한다. 수사학에 있어 담론은 독자적인 텍스트가 아니며 수사적 담론은 대상objet이 아니며 그 자체로는, 즉 구체적 상황이나 청중이 배제된 상태에서는 '미완성의 상태'에 놓여 있을 수밖에는 없다"(A. Kibédi-Varga, *Rhétorique et littérature*, Didier, 1970, p. 22).

22

생했다는 것이다. 그러나 더욱더 중요한 것은 고대 그리스에서 시작되었고 로마에서 채택되었으며 고대의 마지막까지 지속되었던 수사학은 그 탄생을 주재했던 조건들을 뛰어넘어 살아남았으며 '잘 말하고 쓰는 기술'로서의 수사학은 결코 최초의 수사학으로부터의 타락으로 이해해야 할 것이 아니라 변화된 상황에 수사학이 적응한 결과로 보아야만 한다는 점이다.[6] 그렇기 때문에, 예컨대 내용 위주의 수사학과 표현 위주의 수사학간의 분열된 양상을 극복하기 위하여 고대 그리스 시대의 통합된 수사학으로 '거슬러 올라가라'는 또는 '되돌아가라'는 주장은 그 취지를 빼놓고 생각해보면 상당히 시대 착오적인 발상임에 틀림없다. 그렇기 때문에 '되돌아가서' '복원시켜야 한다는' 성급한 주장보다는 우선 수사학의 세계를 양분하고 있는 이러한 두 가지 접근법들이 생겨나게 된 각각의 역사적 · 사회적 · 문화적 조건들과 상황들을 면밀히 이해하고 검토해야 할 필요가 있다.

---

6) 예를 들어 수사학이 그 탄생을 주재했던 조건들을 뛰어넘어 살아남을 수 있었던, 또는 변형될 수 있었던 주요한 원인 중의 하나로 수사학이 교육 체계의 중요한 요소로 자리잡았다는 사실을 들 수 있다. 즉 수사학은 의회나 법정 같은 의사 결정의 공간이 아니라 학교나 극장과 같은 이른바 '무상성(無償性)의 공간'에서 실행된다. 학교에서의 수사학 교육은 대부분의 경우 '수사적 미문(美文)déclamation'의 훌륭한 작성을 그 목표로 하는데 이는 '잘 말하고 쓰는 기술'의 연마로서 수사학의 변신을 어느 정도 짐작하게 한다. 수사학과 교육의 상관 관계에 대해서는 이 책의 다음 부분, 즉 3장 I절 5)를 참조할 것.

수사학의 다원성에 접근하는 또 다른 방식은 수사학의 본질 및 내용을 어떻게 정의하는가에 관련된 것이 아니라 수사학을—그것이 '잘 말하고 쓰는 기술'로서의 수사학이건 아니면 '말을 통한 설득'으로서의 수사학이건간에— 어떠한 제도적 층위에서 파악하는가에 연결되어 있다. 이른바 전통 수사학의 역사와 개념망에 대해 상당히 체계적이고 설득력 있는 설명을 제시한 바 있던 롤랑 바르트[7]는 이와 관련해 수사학의 제도적 층위들을 크게 세 가지로 구분하고 있다: 기술·교육·학문.[8]

(1) 기술로서의 수사학: 이 경우 수사학이란 앞서 말한 설득이라는 궁극적인 목표에 도달할 수 있게 해주는 기술 technique, 즉 규칙들과 비법들의 총체를 뜻한다. 우리는 아무렇게나 설득에 도달할 수는 없으며 효과적인 설득은 항상 그 '비법'을 간직하고 있다. 그런 뜻에서 본다면 수사학이 아니라 '수사술(修辭術)'이라고 해야 더 정확한 표현이 될 것이

---

7) R. Barthes, "L'ancienne rhétorique," *Communications* 16, 1970(「옛날의 수사학」, 김현 편, 『수사학』, 문학과지성사).

8) 바르트는 그 이외에도 도덕, 사회적 실천, 유희적 실천의 범주들을 더 제시하고 있으나 그것들은 기술·교육·학문으로서의 수사적 층위와 비교해볼 때 부수적이거나 이에 이미 포함된 것으로 간주할 수 있다는 판단 아래 여기서는 제외시켰다.

다. 뒤에서 자세히 거론되겠지만 수사술로서의 수사학은 다음과 같은 두 가지 문제점을 내포하고 있다. 우선 이러한 규칙들과 비법은 변론가의 타고난 재능에 기인하는가, 아니면 습득된 기술과 반복된 훈련에 기인하는가. 규칙과 비법들은 가르쳐지고 전수될 수 있는가. 바로 여기서 수사학과 관련된 뜨거운 쟁점들 가운데 하나인 수사술에 있어 자연(본성)/기술의 대립의 문제가 생겨난다. 다른 한편으로 수사술이라는 용어는 이 기술을 발휘하면 설득시키려는 내용이 '거짓'일지라도 담론의 청중들을 설득시킬 수 있다는 환상을 불러일으킬 수 있다. 실제로 이러한 생각을 적극적으로 실천한 사람들이 바로 소피스트 철학자들이라고 할 수 있는데 그로부터 수사학의 윤리성의 문제, 즉 수사학은 그 자체로 도덕적인가 그렇지 않은가의 문제가 생겨난다.

(2) 교육으로서의 수사학: 처음에는 이른바 '수사학자 rhéteur'라는 개인적인 인맥에 의하여 전수되어온 수사술은 급속히 교육 제도 속으로 편입되어간다. 즉 수사학이 학교 교육의 중요한 대상이 된 것이다. 이는 두 가지 측면에서 파악할 수 있다. 우선 앞서 언급했던 것처럼 수사학의 방향성이 변모될 수 있는 중요한 계기를 만들어주었다는 점이다. 학교에서의 수사학 교육의 목표가 겉으로는 공적인 연설이나 설득하는 기술을 가르친다고 하더라도 실제로는 구체적 '상황'과는 독립되어 있는 담론, 즉 실제 사건에 의해 촉발되지

않고 청중으로부터의 어떠한 승인도 요구하지 않으며 현실에 어떠한 영향도 미치지 않는 '무상의 담론discours gratuit'을 지향하게 된다. 아울러 학생들에게 대가들의 모방, 또는 위대한 변론가나 시인들에 대한 독서나 주석으로부터 이끌어낸 모방을 강조함으로써 문학적(또는 문화적) 유산이 계승되고 전수될 수 있는 학습 기회를 만들어준다.

다른 한편으로 수사학은 교육 제도 속에 편입되고 교과목의 하나로 받아들여짐에 따라 현실의 구체적 상황과의 연계성 속에서 유지할 수 있었던 탄력성·가용성 등과 같은 기존의 특성들 또는 장점들을 상실해버리고 '진부하고 낡은 지식들'의 총체로 변모해버린다. 수사학 개론서manuel의 등장과 범람은 바로 이러한 상황에 기인한 것이라고 할 수 있으며 수많은 개론서들의 내용이 몇몇 부분을 제외하고는 그 구성이나 내용에 있어 거의 동일하다는 사실은 현실과 유리된 지식의 운명이 밟아가는 궤도를 역설적으로 보여준다.

아무튼 수사학은 중세 때 3학문 또는 7학문의 한 분야로 반드시 포함되어 있었다는 사실에서 알 수 있듯이 서구의 교육 체제에서 매우 중요한 위치를 차지하고 있었으며[9] 19세기에 들어 중등학교 lycée의 마지막 반을 '수사학 반classe

---

9) 특히 고대에 있어 수사학과 교육의 연관성에 대해서는 H.-I. Marrou의 다음 책을 참조할 것: *Histoire de l'éducation dans l'Antiquité* (Seuil, 1948, 'Points,' 2 vols.).

de rhétorique'이라고 불렀다는 점은 교육의 대상으로서 수사학에 부여했던 중요성이 상당 기간 지속되었음을 잘 보여주고 있다.

(3) 학문으로서 수사학: 이 경우 수사학은 대상 언어—그것은 논증적 언어일 수도 있고 문채 또는 비유적 언어일 수도 있다—에 대한 일종의 메타 언어로서 기능한다. 우리가 통상적으로 이해하고 있는 수사학은 바로 이 범주에 속한다고 볼 수가 있다. 문제는 수사 '학(學)'이 엄밀한 의미에서의 '학'의 원칙과 방법들을 따르고 있는가의 문제이다. 우선 모든 학문은 그것이 다루고자 하는 대상의 명확한 설정으로부터 비롯된다는 관점에서 그렇다면 수사학의 대상 언어는 어디까지인가라는 질문을 제기할 수 있다. 문제는 수사학이 그 대상 언어를 비유적 언어로 한정시키는 경우라 하더라도 비유적 언어와 자연적 언어의 경계가 수사학이 주장하는 것만큼 명확하게 설정될 수 없다는 데 있다. 또한 이러한 어려움을 극복하기 위해 생겨난 모든 언어는 비유적이라는 주장은 오히려 언어 전체를 고려해야 한다는 부담감에서 벗어나기 힘들게 한다. 또한 메타 언어로서 수사학이 동질적인 현상들로서 대상 언어를 관찰하고 분류하는 것을 그 목표로 삼는다 하더라도 대부분의 경우 체계적인 방식에 의지한 것이 아니라 자의적인 판단이나 경험에서 비롯될 가능성이 크다. 문채나 전의들의 목록과 체계가 수사학자들마다 다양한 편차를

갖는 것도 이러한 측면에서 설명될 수 있다.

　수사학은 시기에 따라 위에서 설명한 일련의 함의들을 동시에 또는 연속적으로 포함하고 있다. 그러므로 수사학을 기술·교육·학문의 세 가지 층위들 가운데 어느 층위의 관점에서 파악하는가에 따라 수사학에 대한 접근 방식과 평가는 상당히 달라질 가능성이 있다. 예를 들어 수사학을 '기술'로 파악하게 되면 그것은 고대나 지금이나 여전히 중요하게 습득되고 전수되어야 할 분야로 생각할 수 있다. 즉 의회나 법정 같은 공적인 연설 및 토론의 장소는 적어도 민주주의 정치 체제를 채택하고 유지하고 있는 국가에서는 여전히 중요한 위치를 차지하고 있으며 보다 사적인 영역에서도 예를 들어 '웅변과 토론speech and debate'은 (민주)시민 함양의 필수적인 요소로 인정받고 있다. 하지만 수사학을 교육이나 학문의 체계로 간주하면 시대와 장소에 따라서 보다 상대적인 인식과 평가가 가능해진다. 예를 들어 니체는 낙후되고 노화된 수사학의 운명에 대해서 말하고 있는데 이는 엄밀히 말해서 교육과 학문의 대상으로서 수사학에 해당되며—이는 수사학에 대해 적대적이었던 낭만주의의 등장으로 심화되는데 특히 프랑스의 경우 19세기말에(보다 정확히 말해 1885년) 중등학교에서 '수사학 반'이 공식적으로 사라졌다는 사실은 이를 웅변적으로 말해준다—'기술'로서의 '수사학에는 해당되지 않는다고 볼 수 있다. 니체와 비슷한 시기에 쇼펜하우어는 '논쟁에서 이기는 38가지 방법'[10]의 중요성을 여전히 설파하고 있다. 그러므로 수사학에 대해 포괄적으로 이야기할 경우 이 세 가지 층위들 가운데 어디에 강조점을 두는가를 명확히해야 할 필요가 있다. 아마도 수사학이란 이 세 가지 층위들간의 복합적인 관계에 의해 규정될 것이다.

수사학에 대한 다양한 정의들과 그것이 지니는 일련의 함의들은 수사학이 포괄하고 있는 사실들이 그만큼 광범위하다는 점을 역설적으로 입증해준다. 이렇듯 수사적 사실들의 광범위한 폭은 이른바 수사적 제국(또는 수사학의 제국)이라는 표현을 가능하게 해준다. 실제로 몇몇 이론가들은 이러한 현상을 설명하기 위해 '수사적 제국'이라는 은유적 표현을 쓰고 있는데[11] 롤랑 바르트는 이를 다음과 같이 설명하고 있다.

수사학이—그 체계의 내적인 변화가 어떠했을지라도— 고르기아스에서 나폴레옹 3세에 이르기까지 2500년 간 서양을 지

---

10) 쇼펜하우어, 김재혁 역, 『논쟁에서 이기는 38가지 방법』, 고려대학교 출판부, 1997. 이 책의 원제는 '논쟁에서 이기는 법'이며 이는 쇼펜하우어가 지향하는 '논쟁적 토론술'에 기초하고 있다.
11) 그 가장 대표적인 경우가 카임 페렐만Ch. Perelman으로서 그는 '수사적 제국'이라는 제목의 저서를 발표한 바 있다: *L'empire rhétorique*, Vrin, 1977.

배해왔음을 생각해보라. 부동적이고 무감하고 불멸해 보이던 수사학과는 달리, 그것을 혼란에 빠뜨리지도 변질시키지도 못한, 태어나선 자라나고 결국 사라져버린 모든 것들을 생각해보라. 아테네의 민주주의, 이집트 왕국, 로마 공화국, 로마 제국, 게르만의 대침입, 봉건 제도, 르네상스, 왕정, 대혁명을 생각해보라. 수사학은 여러 정체·종교·문명 들을 흡수하였다. 또 르네상스 이후 시들해진 수사학이 사멸하는 데는 3세기가 걸렸다. 그러나 아직도 수사학의 종말은 분명치 않다. 수사학은 상위 문명이라 칭해야 할 것에 접하도록 해준다. 그것은 역사와 지리적 의미에서의 서구의 상위 문명이다.[12]

이렇듯 수사적 제국은 그것이 걸쳐 있는 '영토'나 존속되었던 '역사적 시기'가 그 어느 정치적 제국보다 광범위하고 더 지속적인 완전한 제국이라고 할 수 있다. 바로 그렇기 때문에 바르트는 수사적 제국에 대한 의미있는 통합이나 역사적인 해석이 손쉽게 이루어질 수 없다고 지적하고 있다. 다시 말해서 수사적 제국은 우리가 통상적으로 실행하고 있는 과학적 관찰과 역사적 고찰의 테두리를 벗어나는 경향이 있다는 것이다.

이러한 사실을 충분히 고려하면서 우리는 바르트가 제안

---

12) 롤랑 바르트, 「옛날의 수사학」, 김현 편, 『수사학』, p. 21.

하고 있는 것처럼 광범위한 수사적 제국에 대한 탐색을 크게 두 가지 방향에서 진행시키고자 한다. 하나는 체계적인(또는 공시적인) 방향이며 다른 하나는 역사적인 (또는 통시적인) 방향이다. 전자는 수사학을 형성하는 기본 개념들과 분류들의 구조망을 뜻하며 후자는 2500년 간 서양을 지배해왔던, 또는 여전히 그러하다고 간주되고 있는 수사적 제국에 대한 역사적 탐색을 의미한다. 그러나 이 두 가지 탐색의 방향들은 서로 밀접하게 연결되어 있어서 공시적인 방향 속에서의 한 매듭은 통시적인 방향 속의 다른 매듭들로 뻗어나가며 통시적인 방향 속의 한 매듭은 공시적인 방향 속의 다른 매듭들과 복잡한 구조망을 형성하고 있음을 유념해야 한다.

우선 공시적인 방향에서의 탐색을 가능하게 해주는 요인들부터 생각해보기로 하자. 수사적 제국의 다양한 시기들에 걸쳐 생겨난 수사학 개론서들은 그 가치가 보편적이며 시간을 초월한 듯이 보이는 규범들을 제시해준다. 그것들은 언제 어디서나 적용될 수 있으며 국가나 시대(바르트가 말하는 정치적 제국) 혹은 담화가 실행되는 조건 및 제도들과 무관한 특성들을 보여준다. 즉 수사학은 사람들간의 의사 소통의 커다란 동인들을 뚜렷이 보여주며 그 점에서 그것이 탄생했던 개별적이고 특수한 틀을 뛰어넘는다. 바로 그렇기 때문에 수사학 개론서에서 발견할 수 있는 규범들이 한 수사학자에서 다른 수사학자에게로 아무런 변화 없이 옮겨지는 현상이 생겨나는 것이다. 심지어는 고대 수사학의 규범들이 현대의 수사학 개론서에서조차 거의 수정되지 않은 채 재발견되기도 한다. 그러나 수사학은 어떠한 사회의 산물이기도 하다. 물론 앞서 언급했듯이 수사학은 언어나 의사 소통, 논리학 또는 심리학이나 문학 연구에 관련된 보편적인 특성들을 드러내줄 수 있으며 바로 그렇기 때문에 우리는 수사학이 제기하고 있는 질문들의 본질을 이해할 수 있는 것이다. 하지만 그와는 동시에 수사학이 적용되었던 환경이 수사학에 부여했던 개별적이고 변화하는 특성들을 이해해야 할 필요가 있다. 바로 여기서 역사적 탐색의 중요성이 생겨난다. 예를 들어 고르기아스의 수사학은 퀸틸리아누스의 수사학과 정확히 일치하지는 않는다. 또한 수사학의 개념망은 상당히 더딜지라도 내적인 진화 과정을 겪으며 이는 수사학이 기대고 있는 제도적이고 문화적인 환경에 있어서의 변화와 밀접하게 연관되어 있다. 이런 관점에서 본다면 고대 수사학의 이론적 체계는 그뒤에 이어올 고전주의 수사학이나 현대의 수사학에 이론적인 원형을 제시하기도 하지만 보다 특수한 상황, 즉 고대 그리스의 도시 국가들 특히 아테네의 의회와 법정 속에서 두드러지게 나타났던 상황에 대한 분석과 밀접히 연결되어 있는 것이다.

뒤이어 올 2장과 3장은 바로 이와 같은 원칙을 따라 구성된 것이다. 역사적 탐색과 개념적 구조망에 대한 탐색 가운데 어떤 것을 먼저 다루는가에 대해서는 일단 수사학의 기본 개념들이나 구조적 틀을 먼저 숙지한 다음 그 역사적 변형 과정에 대해 설명하는 것이 보다 효과적이라고 판단되어 2장에서는 '수사학의 개념망'을 그리고 3장에서는 '수사학의 역사'를 다루고자 한다. 그러나 이러한 구성은 결코 절대적인 것은 아니며 수사적 제국에 대한 여행을 떠나면서 수사학의 개념망에 어느 정도 익숙한 사람은 수사학의 역사부터 시작해도 좋고 아니면 수사학의 역사보다 개념망에 대한 탐색을 우선시할 수도 있을 것이다. 중요한 점은 2장과 3장을 서로 긴밀히 연결시켜 각각의 매듭을 서로 꼬여나갈 수 있도록 해야 한다는 것이다.

2장
수사학의 개념망

I. 수사술과 5가지 구성 요소

수사학의 개념망을 설명하기 위하여 흔히 의존하게 되는 것은 바로 아리스토텔레스에 의해 정립된 수사학의 기본 골격이다. 이른바 서구 수사학의 전범이라고 할 수 있는 그의 『수사학』은 일상적이고 사회적인 실천으로서 수사술 art rhétorique[*technè rhetoriké*]을 체계적으로 정립하려는 최초의 시도였을 뿐 아니라 그 이후의 거의 모든 수사학 개론서들이 좋건 싫건간에 반드시 참조해야 할 모델이라고 할 수 있기 때문이다. 게다가 수사학에 대한 보다 긍정적인 의미를 부여하려는 시도들은 예외 없이 아리스토텔레스가 제시했던 개념들 전체를 재구성하거나 그 일부분을 확대하여 적용시키려는 작업으로 이해할 수 있다. 바로 그런 이유 때문에 예컨대 "모든 수사학은 전부(플라톤을 제외한다면) 아리스토텔레스식 수사학이며" "고전적 개설서들에 채워진 모든 학술적인 요소들은 아리스토텔레스에서 온 것"[13]이라는 단언적

34

명제가 생겨나게 되는 것이다.

아리스토텔레스는 수사학을 "모든 주제에서 그 속에 내포된 설득의 도수(가능성)을 추출해내는 기술," 혹은 "각 경우마다 설득하기에 적당한 것을 순이론적으로 발견해내는 능력"[14]으로 정의하고 있다. 아리스토텔레스가 수사학을 이런 식으로 정의하게 된 배경이나 맥락을 보다 잘 이해하기 위해서는 아리스토텔레스 이전의 수사학 또는 수사적 실천, 보다 엄밀히 말해서 수사학에 대한 플라톤의 적대적이고 배타적인 입장과 소피스트 철학자들에 의한 수사적 실천 등을 검토해야 할 필요가 있다. 왜냐하면 비록 아리스토텔레스의 수사학이 그 이후의 평가를 통해 시대와 장소를 초월한 일종의 보편적 규범들을 제시해주고 있는 것으로 받아들여진다고 하더라도 일단은 역사적이고 사회적인 상황의 산물이기 때문이다.

이에 대해서는 수사학의 역사적 전개에 대해 본격적으로 다루어질 3장에서 검토하기로 하고 우선 수사학에 대한 아리스토텔레스의 정의에서 주목할 만한 특징을 찾아보기로 하자. 여기서 우선적으로 지적해야 할 것은 수사학이 일종의 '기술techne '로 간주되고 있다는 사실이다. 그러므로 문제는 '설득'이 수사학의 근원적인 요소이고 '설득의 수사학'이

---

13) 롤랑 바르트, 「옛날의 수사학」, pp. 27~28.

14) Aristote, *Rhétorique*, Livre de poche, 1994, p. 82.

고대 그리스 문화의 본질적 요소라면 설득의 '기술'로서의 수사학이 의미하는 바는 무엇인가라는 사실이다.

수사학이 '기술art'이라고 할 때 이는 앞서 표기된 대로 그리스어의 'technè'의 역어인데 이는 다음과 같은 다양한 함의들을 지닌다.

(1) '자발적인 능력': 즉 타고나지는 않았지만 그렇다고 해서 특별한 교육에 기인한 것도 아닌 설득의 능력을 지칭할 수도 있으며 이 경우 '자발적 수사학'이라는 표현으로 대체해볼 수도 있다.

(2) '교육에 의해 획득되고 전수될 수 있는 능력': 즉 수사학이란 '표현과 의사 소통의 기술'이라는 이름 아래 가르쳐지는 것을 지칭한다. 학교에서의 수사학 교육은 대부분의 경우 이러한 기술의 전수와 획득을 그 목표로 한다.

(3) '창조적 능력': 수사적 기술은 그러나 단순한 기술만을 뜻하지 않을 수도 있다. 즉 진정한 변론가는 공식화된 규범이나 전수 받은 기술들에 의거하여 설득을 전개해나간다기보다는 기대치 않았던 논거들을 만들어내고 새로운 표현법들을 창조함으로써 자신만의 설득의 기술을 구축한다는 것이다. 파스칼이 "진정한 웅변은 웅변을 조롱한다"고 했을 때 그가 추구하고자 했던 웅변의 진정한 의미는 바로 이러한 창조적 능력을 의미한다고 볼 수 있다.

대부분의 경우 '수사적 기술'이라고 했을 때 2)의 의미를 가리키는 것으로 받아들여지지만 이는 오히려 '기술'에 대한 편협한 해석에 치우칠 우려가 있다. 바로 그런 까닭에 이 용어를 변론가와는 동떨어져 있는 세부적인 규칙들이나 기법들이라는 뜻을 강하게 내포하고 있는 'technique'이란 말로 옮기는 것이 아니라 'art'라는 단어로 옮기는 것이다. 그런 각도에서 '수사적 기술'을 바르트가 해석하고 있듯이 "실제로 있건 있지 않건 별 차이가 없으며 그 발상의 근원이 창조된 대상이 아니라 창조 행위자에게 있는, 그러한 것들 중의 하나를 만들어내는 수법"의 뜻으로 이해해야 할 필요가 있다. 즉 '기술'을 변론가의 외부에서 수동적으로 주어지는 것이 아니라 변론가가 '능동적으로' 만들어내는 것의 의미로 받아들여야 한다.

그럴 경우 생기는 가장 커다란 문제점은 자연과 기술의 대립의 문제이다. 왜냐하면 수사적 기술은 '자연적으로' 주어진 것과 '필연적으로' 주어져야 하는 것 사이의 공간에 위치하고 있기 때문이다. '수사학은 기술이다'라는 명제는 여러 가지 질문들을 낳는다: 수사학은 가르쳐질 수 있는가? 수사학을 완벽하게 습득함에 있어 천부적 재능, 자연적 능력, 그리고 인위적 훈련 각각의 몫은 무엇인가? 왜냐하면 수사적 담론의 사용은 수사학의 체계적 정립 이전부터 실행되어온 일상적 실천에 속하며 말의 사용과 동시에 습득되는, 마치 우리에게는 제2의 본성과도 같은 것이기 때문이다. 게다가 수사학 개론서에서 설명되고 있는 수사적 기술에 대해서는 문외한이면서도 청중을 매혹시키거나 사로잡을 줄 알며 변론가나 작가로서의 두드러진 재능을 지닌 사람들을 얼마든지 발견할 수 있기 때문이다. 그렇다면 수사학이 체계적으로 정립하고자 했고 또 교육시키고자 했던 '수사적 기술'은 왜 필요한가?

대부분의 수사학자들은 천부적인 재능과 후천적인 기술의 습득간의 조화를 가장 효과적인 수사적 담론의 기본 요소로 간주한다. 즉 퀸틸리아누스의 지적처럼 "기술이 완성시킨 모든 것은 자연 속에 그 뿌리를 박고 있다"는 것이다. 계속해서 퀸틸리아누스의 논지를 따라가보면 그는 천부적 재능과 후천적 기술의 습득간의 관계에 대해 다음과 같이 설명하고 있다.

그 둘은 완성된 변론가를 만들기 위해서는 꼭 필요하다. 자연적인 것만으로는 과학 없이도 많은 것을 할 수 있으나 과학은 자연적인 것 없이는 존속할 수 없다. 그 둘을 충분히 갖고 있지 못할 때 제일 중요한 것은 자연적인 것이다. 그러나 그 둘을 충분히 지니고 있을 때 제일 중요한 것은 과학이다. 이는 마치 비옥한 땅과 그렇지 못한 땅의 관계와도 같다. 비옥하지 못한 땅은 아무리 정성스럽게 일구어도 별다른 수확을 올리지 못한다. 반대로 비옥한 땅은 경작되지 않더라도 수확을 올리지만 정성스럽게 일군다면 보다 많은 수확을 올릴 것이다.

즉 훌륭한 자연이 밑바탕이 된 기술의 적용은 다듬어지지 않은 채 그대로 방치된 자연보다 훨씬 더 낫다는 것이다. 그러므로 대부분의 수사학자들은 다음과 같은 결론에 도달한다: 수사학은 그러므로 가르쳐질 수 있고 또 그래야만 한다.[15]

아리스토텔레스 또는 아리스토텔레스식 수사학은 일반적으로 수사적 기술을 크게 다섯 부분으로 나누어 설명하고 있다: 논거발견술 inventio, 논거배열술 dispositio, 표현술 elocutio, 기억술 memoria, 연기술 actio. 즉 변론가는 그가 말하고자 하는 주제가 무엇이건, 또는 그가 말하는 (쓰는) 담론이 어떠한 장르에 속하건간에—예를 들어 변론가는 의회

---

15) 이와는 조금 다른 각도이기는 하지만 보들레르 역시 시 창작에 있어 수사적 기술이 시적 영감을 해치거나 억압하는 것이 아니라 그 분출과 형성을 도와준다고 지적한 바 있다: "수사학과 운율법이 자의적으로 만들어진 폭군이 아니라 정신적 존재의 구성 그 자체에 의해 요구되는 규칙들의 집합임이 분명하다. 운율법과 수사학은 독창성이 분명하게 산출되는 것을 결코 막지 않는다. 그와는 정반대의 사실, 즉 그것들이 독창성의 개화를 도와준다는 사실이 보다 더 진실에 가깝다"(*Curiosités esthétiques*, IX, Salon de 1859, IV, 'Le Gouvernement de l'imagination').

에서 정치적 연설을 할 수도 있고 법정에서 사건의 진위를 변호할 수도 있으며 장례식에서 조사를 읽을 수도 있다—위에서 열거된 다섯 가지 기술들을 연속적으로, 그리고 총체적으로 발휘해야만 한다. 이는 변론가가 효과적인 담론을 산출해내기 위해서 수행해야 할 다섯 가지 과제들에 해당한다고 볼 수 있다. 대부분의 수사학 개론서들은 변론가가 수행해야 할 이러한 과제들의 틀에 따라 쓰여졌으며 결국 크게 다섯 부분으로 나누어져서 각각의 과제들에 제기되는 문제들을 다루는 것을 그 목표로 삼는다.

(1) 논거발견술 : 이는 설득에 필요한 논거들의 수립에 관련된 기술이다. 흔히 영어나 불어로 된 개론서에는 라틴어를 문자적으로 번역하여 'invention'이라는 용어로 옮기는데 이는 이 용어가 실제로 영어나 불어에서 쓰이는 의미와 어느 정도 모순되기 때문에 조심해야 할 필요가 있다. 즉 논거발견술은 변론가 스스로 독창적인 논거들을 '창조해내는 créer' 것이라기보다는 광범위하게 퍼져 있는 논거들을 '재발견하고 retrouver' 재활용한다는 의미를 내포하고 있다. 그렇기 때문에 'invention'은 실제로는 '발견'을 뜻하는 'découverte'의 의미로 해석되어야만 하며 'inventio'는 논거 '창안'술이 아니라 논거 '발견'술로 옮겨질 필요가 있다.

뒤에서 보다 자세히 논의되겠지만 논거발견술은 세 가지

관점, 즉 발화자의 관점, 수신자의 관점, 전언 message 그 자체의 관점에서 복합적으로 검토된다는 점에서 아리스토텔레스의 수사학이 의사 소통의 회로 전체를 포괄하면서 담론의 '능동적인' 조작 행위를 강조했다는 점은 기억해둘 만하다.

(2) 논거배열술: 이는 논거들을 어떠한 순서에 의거하여 배열하는 기술을 의미하며 우리가 흔히 '초안(草案)plan'이라고 부르는 것이 이에 해당한다.

(3) 표현술: 이는 문장의 차원에서 논증들을 언어화하는 작업 또는 그와 관련된 기술을 뜻한다. 다시 말해서 발견되고 배열된 논증이나 논거들의 골격에 살을 붙이고 보다 명료하고 생생하게 구체화시키는 기술을 뜻한다. 우리가 흔히 문체 style 또는 문채 figure라고 부르는 것은 표현술의 한 양상 또는 기술을 의미한다. 흔히 'elocutio'를 '미사여구법(美辭麗句法)'으로 옮기고 있으나 이는 'elocutio'의 장식적이고 미학적인 기능만을 강조한 것으로서 매우 부적절한 용어로 간주할 수 있다. '표현'은 저자의 생각이나 담론의 내용과 밀접하게 연관되어 있는 '기능적' 역할을 수행할 수도 있는데 '미사여구'란 용어에는 이미 수사학에 대한 부정적 가치 판단이 개입되어 있기 때문이다.

(4) 기억술: 이상과 같이 작성된 담론을 청중들에게 이야기하기 위해 그 프로그램을 보다 효과적으로 기억해두는 데 필요한 기술을 뜻한다. 이는 수사학과 구술 문화와의 연관성

을 시사해주며 기억술은 구술 문화에서 문자 문화로 이동되었을 때 제일 먼저 퇴색해버린 수사적 기술이다.

(5) 연기술 : 이는 변론가에 의한 전반적인 담론의 연출에 관계되며 변론가가 취해야 할 동작이나 목소리, 억양 등에 대한 상세한 기술을 담고 있다. 여기서 변론가는 마치 배우와도 같은 역할을 수행하며 연기술은 수사학의 이러한 '현장성' 또는 '연극성'을 잘 대변해준다.

바르트는 수사적 기술을 구성하는 다섯 부분들을 일종의 수사학 '기계' machine rhétorique로 비유하고 있는데 즉 그 투입구에 추론의 조야한 자료들, 여러 사실들, 말하고자 하는 주제 등을 넣고 입력하면 앞서 언급한 다섯 부분들을 거치면서 일종의 공정 과정을 통해 그 배출구로 구조화되고 설득을 위해 완전무장한 완성된 담론이 나온다는 것이다. 이 수사학 기계를 구성하는 다섯 가지 조작 행위들은 각각 하위 개념들이 구성하는 폭넓고도 치밀한 구조망을 형성하며 그런 의미에서 독자적인 발전이 가능하기도 하나[16]—표현술은 그 이후에 수사학 기계에서 분리되어 독자적으로 자가 발전한 가장 대표적인 부분이라고 할 수 있다— 적어도 아리스토텔레스식 수사학에서는 서로 긴밀하게 연결되어 있는 일

---

16) 이는 3장 II절에서 자세하게 논의될 '표현술'로 '줄어든 수사학'의 문제를 야기한다.

종의 유기체로 간주되어야 할 필요가 있다. 또한 논거발견술에서 연기술에 이르는 점진적인 구조화 과정이 강조된다는 점에서 수사적 기술을 구성하는 다섯 부분들의 능동적이고 조작적인 성격을 엿볼 수 있다. 그러나 고대 이후의 수사학의 발전에 자양분 역할을 한 것은 다섯 부분들 가운데 논거발견술 · 논거배열술 · 표현술의 세 부분들로 압축되며 마지막 두 부분, 즉 기억술과 연기술은 문화의 중심축이 구술 문화에서 문자 문화로 이동했을 때,[17] 그리고 수사학이 '말해진 담론'이 아니라 '쓰어진 작품'을 그 대상으로 삼기 시작했을 때 급속히 희생되고 말았다. 그런 각도에서 고대 이후에 쓰어진 수사학 개론서들에서 기억술과 연기술에 관련된 부분을 찾아보기 힘들다는 점은 우연이 아니다.

---

17) 구술 문화의 특성과 구술 문화에서 문자 문화로의 이행 과정, 그리고 수사학이 글쓰기와 구술성의 상호 작용에 의해 어떻게 규정될 수 있는가의 문제에 대해서는 『구술 문화와 문자 문화』(월터. J. 옹 지음, 이기우 · 임명진 옮김, 문예출판사, 1995)를 참조할 것. 저자는 구술 문화에 입각한 사고와 표현의 특징들을 다음과 같이 지적하고 있는데 이는 고대 수사학의 바탕을 이루는 문화적 상황을 잘 요약해 주고 있다: ① 종속적이라기보다는 첨가적이다. ② 분석적이라기보다는 집합적이다. ③ 장황하거나 다변적이다. ④ 보수적이거나 전통적이다. ⑤ 인간의 생활 세계에 밀착된다. ⑥ 논쟁적인 어조가 강하다. ⑦ 객관적인 거리 유지보다는 감정 이입적 혹은 참여적이다. ⑧ 항상성이 있다. ⑨ 추상적이라기보다는 상황 의존적이다.

Ⅱ. 논거발견술

앞서 언급했듯이 논거발견술은 논증의 창안이라기보다는 그에 대한 발견을 의미한다. 즉 모든 것은 이미 존재하므로 단지 그것을 발굴하고 되찾아내기만 하면 된다는 식이다. 따라서 이 개념은 라틴어 'inventio'의 직역에서 흔히 오해하기 쉽듯이 '창조적'인 의미가 아니라 '추출적'인 의미로 받아들여야 할 필요가 있다. 즉 논거발견술은 이미 공론화되어 있는 논거들의 저장고에서 논증을 추출하고 또 논증을 이끌어내서 활성화시키는 기술을 의미한다.

1) 에토스/로고스/파토스

논거발견술은 크게 논리적인 측면과 정감적인(또는 심리적인) 측면으로 나누어진다. 즉 수사학의 주된 기능을 설득하기 persuader라고 본다면 그것은 논증 argumenter과 감동 émouvoir의 두 가지 방법들을 동원하여 수행될 수 있다. 논증을 통한 설득에서 제일 중요한 것은 논리적이거나 준논리적인 장치이며 말하거나 듣는 사람의 성향, 즉 심리적 성향은 고려되지 않는다. 논증을 통한 설득이 논리적 증거를 중요시한다면 감동을 통한 설득은 전언을 그 자체로 고려하는 것이 아니라 그 용도와 전언을 받아들이는 사람의 기질에 맞추어 고려한다. 그렇기 때문에 논리적인 증거가 아니라 주관적이고 심리적이며 윤리적인 증거를 동원할 수 있는 능력이 중요해진다.

그렇기 때문에 수사학의 주된 목표인 설득의 기능에 도달하는 방식들은 합리적인 방식들일 수도 있고 정감적인 방식들일 수도 있다. 이렇듯 수사학에서는 이성과 감정, 합리적인 것과 정감적인 것을 서로 분리시키지 않으며 그 전체 속에서 고려하고자 한다. 이 점은 수사학의 본질을 이해하는 데 있어 매우 중요한데 왜냐하면 흔히 수사학을 '논증의 기술'로 정의함으로써 설득이 지니는 정감적인 차원은 사상시켜버리고 그 이성적이고 합리적인 차원만 부각시키는 오류를 종종 발견하게 되기 때문이다. 그러나 설득이란, 특히 설득의 대상이 불특정 다수, 즉 익명의 대중일 경우에는, 일반적으로 이성적인 판단이 아닌 감정적 상태에 호소함으로써 이루어지는 경우가 많다. 수사학이 지니고 있는 이러한 정감적 차원에서 수사학은 조종·이데올로기·선전, 그리고 광고 등의 설득의 전략과 만나게 된다. 그러므로 논거발견술을 제기된 문제에 유리한 대답을 발견해내는 기술 또는 제기된 질문이나 문제에 대한 동의를 얻어내기에 적합한 요소들을 발견해내는 기술을 뜻하는 것으로 이해할 수 있다면 설득에서부터 유혹에 이르기까지, 또는 논증에서 정념들에 대한 유희에 이르기까지 어떠한 방법이 사용되어도 무관하다고 본다.

설득의 방향을 합리적이고 이성적인 것으로 설정할 것인

가 아니면 정감적으로 설정할 것인가의 문제와 관련하여 아리스토텔레스는 세 가지 방향들을 구분한 바 있다: 에토스 ethos · 파토스 pathos · 로고스 logos. 아리스토텔레스는 설득의 세 가지 방식들인 에토스 · 파토스 · 로고스의 중요성을 다음과 같이 설명하고 있다.

> 연설 자체에 의해서 제공되는 설득의 수단에는 세 가지 종류가 있다. 첫번째는 화자의 인품에 있고, 둘째는 청중에게 올바른 (목적한) 태도를 자아내는 데 있으며 셋째는 논거 자체가 그럴싸하게 예증되는 한에 있어서 논거 그 자체와 관련을 맺는다. (*Rhétorique*, I, 1356a)

이 가운데 처음 두 방향이 정감적인 방향이라면 마지막은 이성적인 방향이라고 할 수 있다. 정감적인 방향의 첫번째 방식인 에토스는 청중의 관심을 끌고 신뢰를 획득하기 위해 변론가가 지녀야 할 '성격 caractère'을 뜻하며 두번째 방식인 파토스는 청중의 심리적 경향 · 욕구 · 정서 등을 포괄한다. 마지막으로 설득의 이념적이고 합리적인 방향에 속하는 로고스는 논증 또는 논거 argument의 방식들에 관련된다. 논거를 통한 설득의 방식이라고 할 수 있는 로고스에 대해서는 뒤이어 자세한 설명이 제시될 것이므로 여기서는 에토스와 파토스에 대해 간략히 살펴보기로 하자.

에토스란 개념은 청중이나 독자의 정서적인 반응을 의미하는 파토스와 구분되는 개념으로—물론 에토스와 파토스는 모두 정감적인 범주에 속하지만 아리스토텔레스에 의하면 에토스는 파토스에 비해 정서적 강도가 비교적 미약한 것들을 주로 지칭한다— 말하는 사람, 혹은 글쓰는 사람의 인격을 의미하는 동시에 의사 소통이 일어나고 있는 사회 구성원들이 공통적으로 유지하고 있는 관습 · 가치관 · 습속을 동시에 의미한다. 이에 관한 아리스토텔레스의 설명을 직접 들어보기로 하자.

화자의 인품은 그를 신뢰할 만한 가치가 있는 인물로 만들 수 있게끔 이야기될 때 설득의 원인이 된다. 대체로 우리들은 거의 모든 것에 대해서 믿을 만한 사람을 더욱 쉽게 신뢰하기 때문이다. 정확한 지식의 범주를 벗어난 문제점에 대해서 의견이 분분할 때 우리들은 믿을 만한 사람을 절대적으로 신뢰한다. 그래서 이러한 신뢰는 이야기 자체에 대해서 구축되어야 하지 화자가 이러저러한 사람이다라고 하는 앞서의 인상에 의해 결정되어서는 안 된다. 어떤 사람들이 수사학에 대해서 주장하듯이 화자의 신뢰성이 그의 설득력에 아무 기여도 하지 못한다고 주장하는 것은 사실이 아니다. 이와는 정반대로 우리는 역시 화자의 인품이 모든 설득의 수단 중에서 가장 막강한 것이라고 주장하는 바이다. (*Rhétorique*, I, 1356a)

청중들을 효과적으로 설득하기 위하여 변론가가 반드시 알아두어야 할 청중의 심리적 상태 및 성향들을 총칭하는 파토스는 감정이나 정서들로 구성되는 정념 passion들을 지칭한다. 이러한 정념들은 지적인 삶과 대립되는 정서적인 삶을 대변하기도 하지만 또한 사회적인 삶을 표상하기도 한다. 수사학의 목표가 변론가와 청중의 거리를 좁히는 데 있다고 한다면 정념들이란 바로 우리와 타인들을 서로 연결시키면서 분리시키는 역할을 한다는 점에서 수사학에서 파토스 즉 정념론이 차지하는 중요성을 쉽게 이해할 수 있다. 그 점에서 정념의 수사학은 심리학이면서 동시에 사회학이다. 수사학에서 정념들은 도덕적이거나 윤리적인 차원이 아니라 다른 무엇보다도 설득의 도구로 고려된다. 청중들의 유형에 연관되어 있는 정념들은 논거들의 선택을 유도하고 결정짓는다. 예컨대 아리스토텔레스가 지적하고 있듯이 화가 난 사람이나 평온한 사람에게 똑같은 방식으로 말을 걸지는 않는 법이다.

사랑을 품고 있는 사람에게는 판단의 대상이 되는 사람은 불의를 저지르지 않았거나, 그렇더라도 아주 경미한 것을 저지른 것처럼 보인다. 증오를 품고 있는 사람에게는 그 정반대이다. 잘되리라는 희망을 품고 있는 사람에게 미래의 사태는 좋은 조건 속에서 성취되어야만 하는 것처럼 나타나지만 정념이 없고

그 정신 상태가 슬픈 사람에게는 그 정반대이다. (*Rhétorique*, II, 1378a)

아리스토텔레스는 정념을 "우리를 변화시킴으로써 우리의 판단에 차이를 만들어내고 고통과 즐거움을 수반하는 것"으로 정의하면서 그의 수사학 제2권 중 처음 열 장chapitre을 정념들에 관한 논의에 할애하고 있다. 아리스토텔레스에 의하면 수사학이 기본적으로 고려해야 할 정념들은 다음 열네 개로 구분될 수 있다: 분노와 평온, 우정과 증오, 불안과 신뢰, 수치심과 파렴치, 친절, 동정, 분개, 선망, 경쟁심과 경멸.

이렇듯 이성의 수사학과 정념의 수사학으로의 구분 및 그것들간의 유기적 결합은 약간의 용어상의 변형을 거치기는 했어도 수사적 개념망을 지탱해주는 중요한 틀이라고 볼 수 있다.[18] 이러한 분류는 모든 언어적 메시지가 실행될 때 구

---

18) 예를 들어 키케로는 에토스/로고스/파토스의 세 가지 항목들을 교화 instruire/환심 plaire/감동 émouvoir의 삼 항으로 제시하며(이중 교화는 담론의 논증적 측면, 그리고 나머지 둘은 청중의 심리적 측면에 관련된다) 18세기 중반의 한 수사학 개론서에서는 증거/풍속/정념 preuves/moeurs/passions의 삼 항으로 제시된다. 그러나 어느 경우건 이 세 가지 항목들은 유기체적 연관성을 지닌 도식으로 파악된다: "이는 모두 설득에 기여하는 세 가지 서로 다른 것들이다. 왜냐하면 사람은 이성에 의해, 정념에 의해, 또는 변론가에 대한 신뢰에 의해 결정을 내리기 때문이다"(Gibert, *La Rhétorique ou les Règles de l'Eloquence*, Paris, 1730, p. 53).

분해낼 수 있는 세 가지 요소들—변론가/에토스/발화자, 담론/로고스/텍스트, 청중/파토스/수신자—에 대응한다.

중요한 점은 앞서 언급했듯이 설득이란 텍스트를 통해서만, 즉 차갑고 추상적인 논증을 통해서만 이루어지는 것이 아니라는 점이다. 변론가의 성품이나 성격 또는 변론가가 청중의 영혼에 불러일으키는 정념들 또한 매우 중요한 역할을 한다. 우리는 흔히 어떠한 주장에 대한 동의를 얻어내고 그것을 받아들이게 하기 위해서는 논리적이고 합리적인 증명이 그 필요충분 조건이라고 생각하기 쉽다. 바로 이러한 확신에서 스토아 학파의 제논은 "두 개의 담론을 다 들어보기 전에는 결코 판결을 내리지 마라"는 법정의 일반적 견해에 반대하게 되었는데 그가 두번째 담론을 들어볼 필요가 없다고 주장하는 까닭은 첫번째 담론은 논리적으로 옳거나 그렇지 않거나 둘 중의 하나이기 때문이다. 즉 첫번째 담론이 자신의 주장을 증명했을 경우 두번째 담론을 들을 필요가 없으며 그렇지 않은 경우 두번째 담론이 옳을 것이므로 또 들을 필요가 없게 된다는 것이다. 그러나 수사학이 상정하는 모순의 상황에서는 진위를 통한 절대적인 증명이란 존재하지 않는다. 그렇기 때문에 수사학은 진술의 내용만큼이나 그것이 행해지는 방법을 중요하게 여기며 이성뿐 아니라 감각이나 정념들에 호소하는 설득을 지향하게 된다. '유혹의 수사학'이라는 수사학에 대한 비판적 표현을 가능하게 한 설득의 이러한 정념적 차원은 특히 아리스토텔레스 이전의 수사학, 예를 들어 소피스트 계열의 철학자들에게서 두드러지게 나타난다. 예를 들어 고르기아스는 설득을 일종의 마술 행위에 비유하곤 했다. 즉 훌륭한 변론가는 청중들의 영혼을 사로잡고 이성이 저항할 수 없는 곳으로 청중들을 이끌어간다는 것이다. 고르기아스에 의하면 이러한 담론의 마술은 시로부터 차용해온 여러 가지 문체론적 방식들—이미지, 리듬, 다양한 반복적인 표현들—에 의해 가능해지는데 이는 다른 무엇보다도 의사 소통의 심리적 조건들에 대한 연구가 어느 정도 선행되어야만 가능한 것이라고 볼 수 있다. 그런 측면에서 본다면 훌륭한 변론가는 문법이나 논리 또는 도덕을 아는 것만으로는 충분하지 않으며 이른바 심리학에도 정통해야 할 필요가 있다.

로고스·에토스·파토스 가운데 어디에 강조점을 두느냐에 따라 수사학의 방향이 달라지게 될 것임은 분명하다. 만약 파토스를 강조하게 되면 수사학은 이데올로기적 조종 manipulation에 가까워지고 로고스에 초점을 맞추면 청중에 대한 설득 효과나 변론가가 전달하는 가치들과는 독립되어 있는 수사학에 대한 논리적이고 논증적인 관점이 생겨나게 되며 에토스에 강조점이 놓이면 주체들의 모럴, 즉 그 의도가 중요해지는 수사학을 얻게 된다. 또한 이성의 수사학과 정념의 수사학 가운데 어느 것을 더 강조해야 하며 어떠한 비율로 혼합시켜야 할 것인가는 결코 선험적으로 결정되어 있지 않으며 이는 변론가—담론—청중으로 이어지는 수사적 상황에 달려 있다고 할 수 있다. 예컨대 다루고자 하는 문제가 긴박하거나 변론가와 청중들간의 사전의 합의가 보다 제한되어 있을 경우, 그리고 청중이 논리적인 논증에 쉽게 싫증을 내거나 익숙하지 않은 경우에는 에토스나 파토스를 이용한 설득의 전략이 훨씬 더 유효하다고 볼 수 있다. 반면에 법정과 같은 곳에서는 사실을 왜곡해서 감정에 선처를 호소하는 것은 매우 위험한 일이며 보다 논리적이고 합리적인 논거를 통한 설득이 보다 더 중요하다.

2) 수사적 논증

수사학을 엄격한 논증의 영역으로 끌어들이는 것은 주로 논거발견술 가운데 에토스나 파토스가 차지하는 중요성은 도외시하고 로고스만을 과대 평가하는 데서 비롯된 태도이다. 수사학을 논증의 차원으로 환원시키고 논거발견술의 영역을 로고스의 영역으로 축소시키는 것은 수사학의 전체성을 훼손시킬 우려가 있는 매우 편협한 시각이기는 하지만 그렇다고 해서 수사학에서 논증이 차지하고 있는 위치나 중요성을 간과해서도 안 된다. 즉 수사학은 논증으로 환원되지는 않는다는 사실을 염두에 두면서 수사학을 구성하고 있는 커다란 부분으로서 논증의 역할에 주목해야 할 필요가 있다.

실제로 아리스토텔레스는 수사학의 세 가지 요소로 앞서 설명한 에토스·파토스·로고스를 꼽으면서도 세 권으로 구성된 그의 『수사학』 가운데 처음 두 권의 대부분을 논리적 추론에 할애하고 있다. 즉 그는 다양한 형태의 인간의 성품과 미덕들을 이해할 수 있고(에토스), 인간의 제반 정서들을 이해할 수 있는 능력(파토스)보다는 논리적으로 추론하고 사유할 수 있는 능력(로고스 또는 논증)을 강조함으로써 철학적이고 논리적인 학문으로서 수사학의 위상을 정립하고자 한다. 아리스토텔레스는 감정의 조작에 치우친 소피스트 수사학에 반대하여 논리적 체계가 여전히 수사적 설득의 '기술'에서 중요하다는 것을 역설하고 있다. 우리는 이를 『수사학』의 첫 장 앞부분에서 확인해볼 수 있다.

오늘날 수사학에 관해 글을 쓰는 사람들은 그에 관한 극히 일부분만을 다룰 뿐이다. 논리적 논의에 의한 설득의 양식만이 수사학의 유일한 본질적 요소이고 나머지는 장식적인 것들이다. 그러나 과거의 수사학자들은 대부분의 경우 논리적 설득의 요체인 수사적 삼단 논법 enthymème 에 대해서는 일언반구도 없이 비본질적 요소들에만 관심을 기울인다. 편견·연민·분노와 비슷한 감정을 불러일으키는 것은 본질적인 사실과는 아무런 관련이 없고 소송 사건을 판결하는 배심원들에게 개인적인 호소를 한 것뿐이다. (*Rhétorique*, I, 1354a)

이렇듯 사사로운 감정들에 대한 호소를 가능한 한 억제하고 논리적 체계에 기대어 설득하는 데 치중하다 보면 우리가 흔히 논거(論據)preuve라고 부르는 수단들을 작동시키게 된다. 논거란 어떤 것이 옳다는 사실을 입증하는 데 도움이 되는 것을 말한다. 그러나 아리스토텔레스가 설득에 있어 논거의 중요성을 강조하고 있다고 하더라도 이를 이론의 여지가 없는 확고부동한 명제나 사실로 이해한 것이 아니라 대안이 가능한 '개연성' 있는 명제나 논의로 이해했다는 점을 주목해야 할 필요가 있다. 즉 수사적 논증은 과학적인 논증이나 변증법적인 논증과 비교해볼 때 매우 특별한 성격을 지닌다. 과학적 논증이 시공을 초월한 보편적 이성에 호소하며 '필연적' 진리로부터 도출된다면 수사적 논증은 대다수의 사람들에 의해 대부분의 경우에 받아들여지고 있는 '일반적' 진리에 근거하고 있다. 다시 말해서 수사학은 '개연성'의 영역에 속한다.

그러므로 논증 또는 논거와 관련하여 서로 다른 두 영역들을 구분해야 할 필요가 있다. 즉 확실한 근거들에 토대를 두고 있는 증명을 요구하는 과학과 개연성과 '그럴듯함 vraisemblable'의 근거 위에서 논증을 펼치는 설득적 담론을 구분해야 한다. 한편에는 합리적인 담론의 세계가 있다면 다른 한편에는 이른바 의사 소통의 세계가 있다. 그런 각도에서 과학적 논증을 증명 démonstration이라고 부를 수 있으며 이 책에서 우리는 이를 논증 argumentation과는 구별하고자 한다. 르불의 제안에 따라[19] 증명과 논증이 서로 구별될 수 있는 근거들을 다음과 같이 말해볼 수 있을 것이다.

(1) 논증은 청중에게 건네진다: 즉 논증에서는 변론가가 그의 전략에 따라서, 다시 말해서 청중의 구체적 성격에 따라서 그의 논거들을 선택하고 배열한다는 점에서 말하는 사람 또는 듣는 사람의 의지와는 무관하게 논거들이 필연성에 의해 서로 연결되어 있어야 하는 증명과는 구분된다.

(2) 논증은 자연어로 표현된다: 예컨대 수학적 증명과 비교해보면 그 차이가 금방 드러난다.

(3) 그 전제들은 그럴듯한 개연성[20]에 근거하고 있다.

(4) 논증의 진행은 변론가의 전략에 달려 있다.

---

19) O. Reboul, *Introduction à la rhétorique*, PUF, 1991, p. 100.

20) '그럴듯한 개연성'을 여러 가지 방식으로 설명할 수 있겠지만 '변론가와 청중간의 사전의 합의'라는 뜻으로 생각해볼 수도 있다. 그것이 아무리 미미한 것일지라도 최소한의 합의가 없다면 둘 사이의 거리는 줄어들지 않는다. 즉 거리를 좁힐 수 있으려면 최소한의 이야기 '거리'가 있어야 하는 것이다. 사실들이나 가치들에 대한 최소한의 합의도 존재하지 않는 곳에서는 상호간의 논쟁이 아니라 무지의 상태가 지속되거나 폭력이 개입될 가능성이 높아진다. 즉 수사학이 전제로 하는 가장 기본적인 사실은 과학적인 증명과 단순한 무지 또는 상호간의 폭력 사이에 논증의 영역이 존재한다는 것이다. 이러한 영

(5) 그 결론에 대한 이의 제기가 항상 가능하다.

설득의 방식들 가운데 앞서 언급한 논거들은 매우 중요한 위치를 차지하고 있다. 그것은 청중의 분별력과 이성에 호소하며 논증의 골격을 이룬다. 논거발견술에서 흔히 논의되는 것처럼 에토스와 파토스, 즉 변론가의 성격이나 청중들의 심리 상태에 대한 고려가 담론의 시작 부분과 마지막 부분에서 주로 사용된다면 담론의 중심 부분은, 특히 여러 가지 유형의 담론들 가운데 토론적 장르(의회·군중 집회)나 재판적 장르(법정)의 경우에는 논증에 할애되어 있다. 논증이란 변론가가 담론에 반드시 도입해야 한다고 판단하는 논거들의 잘 배열된 전체를 가리킨다.[21]

통상적으로 두 가지 종류의 논거들을 구분하는데 첫째는 기술적 또는 내재적 논거들이며 둘째는 자연적 또는 외재적 논거들이다. 후자는——이를 간단히 '기술 외적 논거들'이라고 부를 수 있겠다——변론가의 기술과는 무관하게 주어지는 논거들을 말하며 전자는——이를 '기술 내적 논거들'이라고 할 수 있을 것이다——오직 변론가의 추론하는 능력에 의존하

역은 명백함과 무지, 필연성과 자의성의 중간에 위치하는 영역이다.

21) 바르트에 의하면 논거는 다음과 같은 용어들로 풀어서 쓸 수 있다: '입증하는 논거' '설득의 수단' '신뢰를 얻기 위한 방법' '확신을 위한 중개자.'

는 논거들을 말한다. '기술 외적' 논거들은 논증의 근거가 되는 증거들이 변론가의 권한 밖에—즉 대상 그 자체의 본성에—있다는 점에서 엄밀한 의미에서의 수사적 '기술'에 속한다고 볼 수는 없다. 왜냐하면 '기술'이란 자연적으로 주어진 것을 의미하는 것이 아니라 자연 그대로가 아닌 것을 만들어내는 방식을 뜻하기 때문이다. 예를 들어 '판례'는 재판적 장르에서 흔히 쓰이는 기술 외적 논거들이다. 즉 변론가는 어떠한 사건을 변론하거나 비난하기 위하여 그와는 유사한 과거의 사건들에 대한 판결을 토대로 할 수 있다. 이러한 판례들은 변론가가 임의적으로 발견하거나 창안해낼 수 없는 성질의 것임은 두말할 나위도 없다. 이와는 반대로 '기술 내적' 논거들은 변론가의 재능과 창조성에 의해 제시되는 논거들이기 때문에 그의 발견 '술'이 잘 드러나는 영역이라고 할 수 있다. 논리학에서 흔히 말하는 귀납법과 연역법이 바로 여기에 속한다.

아리스토텔레스가 이 두 가지 유형의 논거들을 어떻게 구분하고 있는가를 살펴보기로 하자.

논거들 가운데 어떤 것들은 기술 외적이며 어떤 것들은 기술 내적이다; 기술 외적 논거들이란 우리의 독특한 방식에 의해 제시된 것이 아니라 예를 들어 증언, 고문을 통해 얻어진 고백, 문서 등과 같은 미리 주어진 논거들을 말한다. 이와는 반대로 기술 내적인 논거들은 우리들의 방법과 수단에 의해 제시될 수 있는 논거들을 말한다. 그러므로 전자들을 사용하고 후자들을 발견해야 할 필요가 있다. (*Rhétorique*, I, 1355b, pp. 35~39)

위의 논의들을 종합해보면 아리스토텔레스가 구분하는 바 여러 종류의 논거들은 다음과 같은 도식으로 나타낼 수 있다.

> I. 기술 내적 논거들
>> A) 논리적이고 객관적인 논거들
>> (로고스)
>> B) 도덕적이고 주관적인 논거들
>>> a) 에토스
>>> b) 파토스
> II. 기술 외적 논거들

아리스토텔레스에 의하면 기술 외적 논거들은 '변론가의 명성'("진실만을 이야기하는 나는 X라고 말한다"), '맹세'("나는 X라고 맹세한다"), '증언'("나 이외에도 다른 사람들이 X라고 말한다"), "고문을 통해 얻어진 노예의 증언"("그는 X라고 말하지 않을 수 없었다") 등을 포함한다. 또한 기술 내적 논거들은 그 성격상 '표식 indice'과 '일반적 상식'으로 나뉜다. 표식을 통한 논증이란 예를 들어 "X는 살인을 했기 때문에 손에 피가 묻어 있다"와 같은 진술(여기서 피의 흔적은 살인을 알려주는 표식의 기능을 한다)에 잘 드러나 있으며 "X는 상속인이기 때문에 살인을 했다"는 일반적 상식—상속을 통한 재산을 노리는 살인은 흔히 목격할 수 있는 현상이므로—에 의한 논증에 해당한다. 그러나 이러한 기술 내적 논거 또한 수사적 논증의 한 형태이기 때문에 결코 확실한 필연성을 지니지는 않는다. 예를 들어 "살인을 했기 때문에 손에 피가 묻어 있는 것이 아니라 코피를 흘렸기 때문에 그럴 수도 있기" 때문이다. 우리가 엄밀한 의미에서의 논증이라고 부르는 것은 바로 기술 내적 논거들을 통한 논증, 그 가운데에도 논리적이고 객관적인 논거들을 통한 논증을 의미한다. 그러므로 에토스와 파토스에 호소하는 도덕적이고 주관적인 논거들을 동원한 설득이나 기술 외적 논거들을 이용한 설득은 엄밀한 의미에서의 논증과는 구별되어야 할 필요가 있다.

3) 예증법과 수사적 삼단 논법

수사적 논증의 논리적이고 객관적인 논거들은 예증법과 생략 삼단 논법의 두 유형으로 나누어진다. 전자가 귀납적 방식에 속한다면 후자는 연역의 방식에 속한다. 변론가의 연설이나 주장이 얼마큼 신빙성을 갖느냐의 여부는 그가 기술 내적 논거들을 어떻게 찾아내고 활용하는가에 달려 있다. 또한 수사학이 변증법 또는 논리학과 가장 가까워지는 것도 바로 이러한 논리적이고 객관적인 논거들의 발견을 통해서이다. 바로 여기서 우리는 수사학의 논리적 측면을 강조하고자 한 아리스토텔레스의 의도를 짐작할 수 있게 된다: "수사학은 변증법과 짝을 이룬다"(*Rhétorique*, 1354a 1) 또는 "수사학은 변증법과 윤리학의 한 분야임이 드러난다"(1356a 25), "사실상 수사학은 변증법의 한 종류이며 변증법과 매우 유사하다."(1356a 30) 등과 같은 진술들은 그의 이러한 의도를 잘 드러내준다.

아리스토텔레스는 앞서 도표로 표시한 것처럼 기술 내적 논거들과 기술 외적 논거들이라는 두 가지 유형의 논거들 내부에서 하위 구분을 실행하는데 이 또한 다음과 같이 도표로 나타내볼 수 있다.

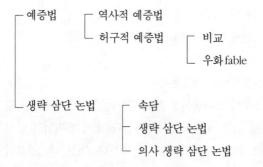

예증법과 생략 삼단 논법으로 대표되는 기술 내적 논거들을 통한 논증의 특성을 밝혀내기 위해 우리가 흔히 추론inférence이라고 부르는 것과의 차이점부터 생각해보기로 하자. 논리학에서 추론이라고 부르는 것은 이미 알려진 것으로부터 시작해서 알려지지 않은 것을 받아들이게 하기 위해 사유를 진행시켜나가는 과정을 의미한다. 그러나 모든 추론이 항상 논증을 동반하는 것은 아니다. 예를 들어 전화벨 소리에서 누군가가 전화를 걸었음을 즉각적으로 추론해낼 때 이러한 추론을 가능하게 하는 것은 세계에 대한 단순한 경험이다. 즉 그것이 명증성의 영역에 속하게 되면 논증의 영역으로부터 벗어나게 되는 것이다. 이와는 달리 경험을 벗어난 진정한 지적 작동을 요구하는 추론들이 있는데 이는 크게 귀납과 연역의 방법들로 구분된다.

귀납의 가장 대표적인 형태는 '예증법'이다. 유사한 것을 알아볼 수 있는 능력에서 생겨나며 일종의 유추에 의한 논증이라고 할 수 있는 예증법은 설득하고자 하는 것과 유사한 훌륭한 실례들을 찾아내는 기술을 의미한다. 그러나 아리스토텔레스가 무엇보다도 강조하고 있는 것은 연역의 방식들을 통한 논증이다.

연역의 가장 대표적인 형태는 대전제─소전제로부터 결론을 추론해내는 데 있는 삼단 논법이다. 그러나 수사학이 관심을 가지는 연역의 방식들은 보다 복잡해진 삼단 논법의 형태들이다. 왜냐하면 논리학에서와 마찬가지로 수사학에서도 모든 기술 내적 논증은 '삼단 논법'으로 귀결될 수 있어야 하지만 수사학은 논리학에서처럼 '무미건조하게' 논증을 진행시켜서는 안 되기 때문에 보다 눈에 띄고 풍요로운 삼단 논법의 여러 변종들을 선호하게 되기 때문이다. 즉 수사학은 논증이 삼단 논법적인 구조를 가져야 한다는 점을 인정하면서도 삼단 논법을 그 순수한 형태에서 사용하려고 하지는 않는다는 점을 유의해야 할 필요가 있다. 그 결과 삼단 논법을 사용하는 경우 변론가는 삼단 논법을 구성하는 명제들의 수를 늘이거나 줄여서 사용하려는 경향이 있다. 증가된 삼단 논법들 가운데 가장 대표적인 것이 연쇄 삼단 논법과 대증식 (帶證式) 삼단 논법들이며 축소된 삼단 논법을 생략 삼단 논법이라고 부른다. 이 세 가지 유형의 삼단 논법들을 간략하게 살펴보기로 하자.

(1) 연쇄 삼단 논법 sorite: 대전제나 소전제를 여러 명제들로 연쇄시켜 제시하는 것.
(2) 대증식 삼단 논법 épichérème: 별로 설득력이 없어 보이는 대전제나 소전제에 증거나 일반 공론 lieux communs을 갖다 붙이는 것.
(3) 생략 삼단 논법 enthymème: 위의 두 가지 형태들이 삼단 논법을 확장시키는 방법이라면 이는 오히려 축소시키

는 방법이다. 아리스토텔레스는 이에 대한 두 가지 정의들을 제시했는데 첫째는 그럴듯한 전제들에 토대를 두는 삼단 논법을 의미하며 둘째는 전제들 가운데 하나가 결핍되어 있는 불완전한 삼단 논법이다. 이 가운데서 가장 널리 받아들여진 것은 바로 두번째 정의라고 할 수 있다. 그러므로 위와 같은 사실들을 종합하여 다음과 같이 생략 삼단 논법을 정의해볼 수 있다: 생략되어 있는 전제가 충분히 자명한 것이어서 그 것을 생략해도 좋다고 판단하는 경우에 생길 수 있는 생략 삼단 논법이 있을 수 있고 아니면 그와는 정반대로 그 전제가 확실하지 않으며 상대방으로부터 이의를 제기당할 수 있기 때문에 감추는 경우에 생겨나는 생략 삼단 논법이 있을 수 있다.

아리스토텔레스가 매우 특별한 의미를 부여해서 이른바 수사적 삼단 논법과 동일시되기까지 하는 생략 삼단 논법을 보다 구체적으로 살펴보기 위해 다음 두 개의 논증들을 서로 비교해보기로 하자.

(1) 모든 인간은 죽는다; 그런데 소크라테스는 인간이다; 그러므로 소크라테스도 죽는다.

(2) 신들조차도 모든 것을 알지 못하니 인간은 더 말할 나위도 없다.

첫번째 논증은 그 밑에 깔려 있는 논거를 분명히 드러내준다. 그것은 대전제-소전제-결론이라는 세 가지 요소들로 구성되어 있는 전형적인 삼단 논법이다. 즉 두 가지 전제들 가운데 첫번째 전제(대전제, 즉 '모든 인간은 죽는다')는 확실한 사실이기 때문에 그로부터 도출된 결론('그러므로 소크라테스도 죽는다')의 논리적 힘이 생겨나는 것이다. 이와는 반대로 두번째 예는 불완전한 삼단 논법, 즉 생략 삼단 논법의 한 예이다. 여기서는 전제들 가운데 하나가 결핍되어 있는데 이를 보충해서 보다 완전한 삼단 논법으로 표현해보면 다음과 같을 것이다: '인간은 신보다 열등하다. 그런데 신들은 모든 것을 알지 못한다. 그러므로 인간 또한 모든 것을 알지 못한다.' 즉 여기서는 '인간은 신보다 열등하다'는 대전제가 생략되어 있는 것이다.

생략 삼단 논법에서 두 전제들 가운데 하나 또는 결론을 생략하는 것은 그러므로 사유의 차원이 아니라 언어적인 표현의 차원에서이다. 즉 생략 삼단 논법은 사유의 측면에서는 대전제→소전제→결론으로 이어지는 진행 과정 모두를 밟는 '완전한' 삼단 논법이라면 표현의 측면에서는 그 가운데 하나가 생략되는 '불완전한' 삼단 논법이라고 할 수 있다.

그렇다면 이와 같은 생략 삼단 논법이 수사적 '기술'에서 그토록 중요한 위치를 차지하고 있는 이유는 무엇일까. 그것은 생략 삼단 논법이 청중에게 생략된 부분을 복원하게 함으로써 논증의 구성 과정 속에서 완전한 것을 이루어내는 즐거움을 선사하기 때문이다. 즉 변론가는 사유의 과정 속에서는 완전하게 이루어진 삼단 논법을 표현의 과정 속에서 불완전하게 생략해버리며 청중은 이렇듯 불완전하게 생략되어 있는 삼단 논법으로부터 완전하게 구성되어 있는 삼단 논법을 논리적으로 유추해낸다는 것이다. 그러한 과정 속에서 생겨나는 즐거움은 바르트가 지적하고 있듯이 암호문·게임·십자말 풀이 등에서 엿볼 수 있는 것처럼 주어진 도식을 스스로 완성시키는데서 생겨나는 즐거움과 매우 유사하다. 이렇듯 생략 삼단 논법은 청중의 적극적인 참여를 유발함으로써 청중의 설득이라는 원래의 목표에 보다 잘 부합할 수 있게 된다는 점에서 수사학은 논리학에서 말하는 삼단 논법보다는 생략 삼단 논법을 훨씬 더 선호하게 된다.

또 다른 예를 들어 수사적 삼단 논법의 특성을 살펴보기로 하자. 논리적 삼단 논법과 수사적 삼단 논법간의 본질적인 차이는 명제가 필연적인가 아니면 개연적인 것이냐의 여부이다. 즉 앞의 예 (1)의 경우 대전제-소전제-결론은 예외의 경우가 존재하지 않는 필연적인 명제라고 할 수 있다. 그러나 '소크라테스는 착한 사람이기 때문에 살인을 범하지 않았다'는 생략 삼단 논법의 경우 생략되어 있는 대전제('착한 사람은 살인을 하지 않는다')나 소전제('소크라테스는 착한 사람이다')는 모든 경우에 참일 수 없는 명제이다. 아무리 착한 사람일지라도 어떠한 상황에서는 불가피하게 살인을 저지를 수도 있는 것이며 소크라테스는 보는 관점에 따라 얼마든지 착한 사람이 아닌 것으로 간주될 수도 있기 때문이다. 그렇기 때문에 '소크라테스는 살인을 범하지 않았다'는 결론은 언제든지 이의 제기가 가능한 결론이다. 수사적 삼단 논법의 출발점이 되는 전제들은 잘 알려지고 널리 받아들여지는 근거들이지만 과학적으로 확실한 근거라고 할 수는 없다. 그것은 오히려 '인간적으로' 확실한 근거에 속한다고 볼 수 있다. 이렇듯 수사적 삼단 논법은 논리적 삼단 논법처럼 개연성이 전혀 없는 절대적인 진리의 영역을 다루는 것이 아니라 가능성의 영역 또는 개연성의[22] 영역을 다룬다. 개연성의 영역이란 바로 대중이 생각하는 것과 밀접하게 연결되어 있기 때문

---

22) 아리스토텔레스가 말하는 개연성은 보편적인 것 universel의 관념과 대치되는 일반적인 것 général의 관념을 내포하고 있다. 즉 보편적인 것은 필연적인 것으로 간주할 수 있지만—과학은 바로 이러한 전제로부터 출발한다— 일반적인 것은 보편적인 것으로 간주할 수 없다. 이는 가장 많은 수효의 의견에 의해, 이른바 통계학적으로 결정된 것이라고 볼 수 있다. 또한 개연성의 영역에 속해 있는 수사적 삼단 논법의 전제들은 과학적 증명과는 달리 그 전제와 상반되는 반대 내용을 허용한다. 왜냐하면 개연성의 밑바탕을 이루는 인간의 경험과 도덕적 삶의 한계 내에서는 상반된 경우가 항상 존재하기 때문이다. 그렇기 때문에 수사적 논쟁에는 A와 B 가운데 어느 것이 절대적으로 옳은가라는 결론이 생겨날 수 없으며 각각의 결론에 도달하는 논리적인 과정이 중요해진다. 보다 효과적이고 논리적인 설득을 제시한 사람이 논쟁에서 이기게 되며 설득의 방식이 힘이나 폭력을 동원하

에 생략 삼단 논법은 학식이 없는 사람들에 의해서도 쉽게 다루어지는 '대중적인' 추론법이며 대중의 수준에서 발전한 수사학의 삼단 논법이다. 바로 이러한 측면에서 수사학과 매스 커뮤니케이션과의 연계성 또는 대중 문화의 유효한 분석의 틀로서의 수사학의 중요성을 짐작해볼 수 있다.

4) 토피크와 공론

수사적 삼단 논법이나 연역법 또는 귀납적 예증법 등은 어떠한 명제나 논의를 전개하고 발전시켜나가는 방법이지 그 자체가 논제가 될 수는 없다. 따라서 이러한 논리적인 방법들이 그 골격을 이루는 바탕 또는 공간이 필요하다. 이를 수사학에서는 토포스(또는 토포이)topos/topoï라고 부른다. 즉 훌륭한 형식은 갖추고 있지만 어떻게 내용을 발견할 것인가의 문제 또는 어떻게 말할 것인가가 아니라 무엇을 말할 것인가의 문제, 이는 수사학이 해결하려고 애쓰는 문제이다. 바로 토피크Topique란 추론에 그 내용을 제공하도록 만들어진 일련의 토포스들을 다루는 논거발견술의 중요한 한 부분을 칭한다.

───────────

지 않고 '말'을 통해 이루어진 것인 만큼 진 사람도 이에 승복해야 한다. 하지만 논쟁에서 일단 진 사람이라도 충분한 논리적 근거를 재확보하여 내려진 결론이나 결정에 이의를 제기하는 것은 언제나 가능한 일이다. 수사학이 보다 민주적인 토론과 논쟁에 기여할 수 있는 것도 바로 이 점에서이다.

토포스의 의미를 이해하기 위해서는 논증에 사용되는 모든 재료들이 서로 유사한 것들끼리 서로 묶여서 구분되어 있는 커다란 '창고'를 연상해볼 필요가 있다. 즉 토포스란 모든 논증의 주제들이 저장되어 있는 일종의 창고와도 같은 것이다. 토포스란 표현 그 자체가 이미 '장소' 또는 '지점'을 뜻하는 은유적 표현이며 토포스의 또 다른 이름인 '공론lieu'이란 원래 '장소'를 의미한다는 점에서 토포스에 대한 논의와 관련하여 '장소'의 은유가 지니는 중요성을 짐작해볼 수 있다. 다시 말해서 어떤 것들을 생각해내기 위해서는 그것들이 놓여 있는 장소를 확인해볼 필요가 있다는 것이다. 토피크는 이렇듯 논증의 내용들 즉 토포스들을 연결하여 이해 가능한 단위들을 만들어내는 방식을 뜻한다.

토포스는 흔히 일반 공론lieux communs과 특수 공론lieux speciaux의 두 가지로 크게 구분된다. 전자는 매우 일반적인 유형의 논제여서 어떤 유형의 담론에서도 활용될 수 있는 논제를 말하며 후자는 문맥이나 담론에 따라서 변화하는 논제들을 의미한다.

예를 들어 '양quantité'의 공론과 '질qualité'의 공론은 여러 유형의 담론들에서 두루 사용될 수 있는 일반 공론들의 대표적인 예이다. 특히 양의 공론은 민주주의와 대중 소비 사회의 징후를 가장 잘 드러내는 일반 공론이다. 왜냐하면 최근의 우리 사회에서도 두드러지게 나타나는 경향이지만 민주주의가 잘 발달되어 있다고 하는 서구의 모든 사회들은 예외 없이 선거·여론 조사·여론 청취 등을 중심으로 정치가 이루어지고 있기 때문이다. 또한 현대의 경제 생활 역시 광고나 마케팅 리서치와 같은 '양'에 근거하고 있는 수단들에 의거하지 않고서는 이루어질 수 없다. 그렇기 때문에 대중을 감동시키려고 하는 모든 설득의 전략들은 이러한 '양'의 공론을 사용한다. 정치를 예로 든다면 청중으로 하여금 이미 어떠한 정치적 노선을 선택한 대다수의 사람들에 합류하도록 부추기는 전략이 중요하며 광고의 경우는 안전을 추구하고 대중과 동일시되고자 하며 유행과 일반적 취향을 따르고자 하는 개개인의 욕구 및 필요성을 강조하는 전략을 구사한다.

이와는 반대로 '질'의 공론은 최상의 것, 유일한 것, 독창적인 것, 굉장한 것을 논증하는 데 유용한 일반 공론이다. 이는 앞서 말한 양의 공론이 대중의 커뮤니케이션에 봉사하는 것과는 달리 쉬운 것보다는 어려운 것, 안전보다는 위험과 모험을, 만인의 의견보다는 한 개인의 의견을 훨씬 더 바람직하게 여긴다는 점에서 일종의 선민주의 élitisme에 효과적으로 사용될 수 있는 일반 공론이다. 문학을 그 한 예로 들어 본다면 문학과 대중과의 분리가 선명하게 드러나기 시작했던 19세기 후반의 프랑스 시인인 보들레르와 그 시대의 대다수 시인들은 저속한 대중들 틈에 유배된 예외적 존재로서의

시인을 강력하게 주장한 바 있다.[23]

그러나 이러한 일반 공론들과는 달리 '특수한' 상황에서만, 그리고 '특수한' 유형의 담론에서만 사용될 수 있는 이른바 특수 공론이 있다. 아리스토텔레스를 위시로 한 고대 수사학에서는 일반 공론과 특수 공론 간의 구별을 담론의 유형에 대한 구별에 적용하여 논의한다. 아리스토텔레스는 담론을 그 청중이나 목표에 따라 재판적 장르(법정), 토론적 장르(의회), 첨언적 장르(각종 경조사에 관련된 모임들, 예컨대 운동 경기나 환영식 또는 장례식)의 세 가지로 분류한 바 있다.[24]

이러한 담론의 유형 분류에 입각해보자면 일반 공론이란 이 세 가지 유형의 담론들 모두에 적용될 수 있는 공론을 말하며 특수 공론이란 세 가지 유형의 담론 가운데 하나에만 특별히 적용되는 공론을 말한다.

예를 들어 첨언적 장르에 고유한 공론으로서 '칭찬(또는 찬사)' 또는 '비난'의 공론을 들 수 있다. 즉 첨언적 장르는

---

23) 그 가장 대표적인 시가 보들레르의 『악의 꽃』에 실려 있는 「알바트로스」란 시이다.

24) 물론 아리스토텔레스가 제시한 세 가지 유형의 담론들로의 구분은 매우 제한적이어서 모든 유형의 설득적 담론들이 이러한 구분에 환원되는 것은 아니며 그 이외에도 여러 유형의 장르가 있을 수 있다. 이는 아리스토텔레스의 수사학이 근거하고 있는 '상황'에서 이해될 필요가 있을 것이다. 이러한 세 가지 유형의 담론들로의 구분에 대해서는 3장 1절 2) 아리스토텔레스의 수사학을 참조할 것.

누군가의 공적이나 행적을 칭찬하거나 비난하는 담론을 뜻한다. 그 비중이 비난에 실릴 경우 담론은 '풍자satire'에 가까워지며 칭찬 또는 찬사의 성격을 띨 경우 '장례식의 조사 oraison funèbre'와 같은 성격의 담론이 생겨난다. 또한 시대나 장소에 따라 '칭찬'의 공론과 '비난'의 공론 가운데 어느 하나가 훨씬 더 중요해지는 경우도 있을 것이다. 예를 들어 고전주의 시대에는 첨언적 장르의 특수 공론으로 '칭찬'이 훨씬 더 우세했음을 알 수 있다. 왜냐하면 칭찬은 비난보다 도덕적으로 훨씬 더 월등한 작업으로 간주되었으며 장르에 대한 위계 질서적인 인식으로 인해 비난의 고유한 영역인 풍자보다 찬사가 필수적인 장례식의 조사가—죽은 자를 비난하고 헐뜯는 것은 예의 규범상 받아들일 수 없으므로—더 우월한 장르로 받아들여졌기 때문이다. 17세기 프랑스의 유명한 웅변가인 보쉬에Bossuet는 문학사에 편입될 정도로 오래 기억되는 훌륭한 웅변가 즉, 뛰어난 '장례식의 조사가'이다.

또한 재판적 장르에서는 다른 어느 장르보다도 풀어야 할 질문 또는 문제를 명확히해야 할 필요가 있다. 즉 심판관이 판단을 하고 어떠한 결론에 도달하기 위해서는 문제를 명확히 규정짓고 양쪽 입장들 각각의 태도를 분명히해야 할 필요가 있는 것이다. 이러한 문제의 명확한 규정을 '문제 확인 état de la question'이라고 부르며 이는 재판적 장르에 속하는 특수 공론이다. 그러므로 어떠한 종류의 범죄에 대해서 심판하건간에 반드시 '어떠한 범죄가 있었는가 없었는가를 확인하는 작업' '범죄의 성격 및 특성을 분명히하는 작업' 등과 관련된 '문제 확인'의 작업이 필수적인 것이다.

Ⅲ. 논거배열술

논거배열술은 담론의 구성, 즉 말해야 할 것을 담론의 어느 부분에서 말해야 하는가를 아는 것과 관련된 기술, 또는 담론에 포함되는 모든 것을 가장 완벽한 순서에 따라 배열하는 기술, 또는 사물들이나 부분들의 적절한 위치와 서열을 할당함으로써 그것들을 유용하게 배분하는 기술 등을 뜻한다. 논거배열술의 영역은 상당히 포괄적이어서 그것은 서로 다른 명제들의 순서나 다루어진 주제들의 순서부터 진술된 일화들이나 사용된 논거들의 배열을 거쳐 머리말이나 맺음말에서 흔히 사용되는 청중의 감정들에 대한 호소들의 순서 및 배열에까지 관여한다.

그러나 논거배열술은 논거발견술과 확연히 구분되는 것이 아니라 그것에 긴밀히 연결되어 있다. 왜냐하면 논증 그 자체가 이미 어떠한 순서나 질서를 포함하고 있기 때문이다.

논거발견술은 주장을 설득력 있게 하기에 적합한 논거들을 발견하는 데 있다. 논거배열술은 논거들을 정돈하고 배열한다.

그것은 논거들 각각에 할애되어야 할 위치를 보여준다.[25]

　하지만 전통적인 수사학 개론서에서는 그 둘을 서로 분리
시켜서 고찰하려는 경향이 있다. 담론의 재료가 다듬어지고
또 그것이 논증의 필요성에 의해 어느 정도 조직화된다 하더
라도 그것을 본격적으로 조직화하는 기술이 필요하기 때문
이다. 즉 전제로부터 출발해서 결론에 도달하는 논증의 순서
를 구성해야 하는 것이다. 이러한 순서는 변론가의 주장을
보다 명료하게 하고 그의 관점을 채택하게 하는 데 도움을
주어야만 하지만 청중들의 감정 상태나 기대 수준에 달려 있
기도 하다. 또한 논거들은 단독적으로 주어지는 것이 아니라
그것들끼리 서로 연결되어 있으므로 논거들의 힘은 담론 속
에서의 위치와 다른 논거들과의 관련 속에서 생겨난다. 논거
배열술이 가장 중요시하는 것은 담론의 질서 또는 순서이다.

　논거배열술은 논거발견술의 재료들에 순서를 부여함으로써
각각의 요소들이 특정한 지점에 위치할 수 있도록 해준다.
(*Rhétorique à Herennius*, III, 16)

---

25) *Rhétorique à Herennius*, I. 3. 이 책은 기원전 80년경에 집필된 것으
　　로 알려진 수사학 개론서로서 지금까지 보존되어 있는 최초의 라틴
　　수사학 개론서이다. 작가 미상의 개론서임.

논거배열술의 의미를 보다 정확히 이해하기 위해서는 전통적으로 그것을 설명하기 위해 동원된 몇몇 은유적 표현들을 검토해볼 필요가 있다.

(1) '길'의 은유: 논거배열술 덕분에 변론가는 그가 선택한 방향과 단계에 따라—다시 말해서 그가 택한 '길'과 '노선'에 따라— 청중을 '이끌어갈' 수 있으며 자신이 설정한 목표에 '이르게 할' 수 있다. 이러한 길의 은유는 '서두 préambule'(다시 말해서 길의 출발 지점)나 '여담 digression'—다시 말해서 길을 벗어나는 행위—이라는 용어들 속에 잘 나타나 있다.

(2) '유기체로서의 육체'의 은유: "육체의 올바른 특성이 기질들의 완벽한 혼합에서 생겨나듯이 변론의 완벽한 구조는 부분들의 정확한 조화에서 생겨난다."[26]

(3) '군대'의 은유: "질서는 장군뿐 아니라 변론가에게도 필요하다. 왜냐하면 아무리 훌륭한 병사들이 많이 있다 하더라도 명령이나 질서가 없으면 약한 군대이듯이 권위 있는 논증들의 수효가 아무리 많다고 하더라도 각각의 논증이 제자리에 배치되어 있지 않다면 어떠한 효과도 기대할 수 없기 때문이다. 또한 반대로 이 모든 것들이 지나치게 많을 경우

26) R. Bary, *La Rhétorique françoise*, Amsterdam, 1669, p. 237.

에는 오히려 청중들의 기억을 질식시킬 뿐 아니라 싫증나게만 한다."[27]

(4) '건축'의 은유: "키케로는 담론을 말과 사상들로 잘 지어진 일종의 건물에 비유하곤 한다. 그런데 우리는 훌륭한 건물을 지으려면 필요한 재료들을 아무렇게나 놓아두는 것이 아니라(건축의 질서나 규칙 없이), 원칙에 의해 질서나 배열을 부여해야 함을 알고 있으며 그럴 경우에만 건물의 아름다움이나 견고함, 유용성 모두에 도움이 되는 것이다. 이는 변론에도 마찬가지이다. 질서는 혼동을 추방하고 명확함과 우아함을 가져다주며 그 힘을 증대시킨다."[28]

논거배열술이란 이렇듯 논거들을 배분시키고 사용해야 할 곳에 분포시키는 기술을 뜻한다. 그렇기 때문에 어떠한 담론이건 지키고 따라야 할 틀이 생겨나며 논거를 아무 곳에다 위치시켜서는 안 된다. 예컨대 청중들에게 사실들이나 문제를 진술하는 것은 청중을 준비시키고 그의 관심을 끈 다음에 행해져야 하며 청중을 설득시킬 수 있는 논증을 제시하거나 상대방의 논거를 반박하는 것이 그 다음에 와야 하고 마지막으로 전체를 요약해야 하는 것이다.

---

27) Le Gras, *La Rhétorique françoise*, Paris, 1671, pp. 88~89.

28) B. Gilbert, *La Rhétorique ou les Règles de l'Eloquence*, Paris, 1730, pp. 333~34.

또한 논거 배열의 자연적인 흐름을 강조하느냐 아니면 인위적 기술을 강조하느냐에 따라 담론의 순서나 틀에 대한 두 가지 관점들이 생겨날 수 있다.

서두로부터 시작해서 사실을 진술하고, 견고한 논거들에 의거해서 그리고 상대방의 논거들을 반박하면서 그 사실을 증명한 다음, 그의 담론의 결론을 내림으로써 끝을 맺는 것은 거의 자연적 흐름에 따른 순서이다. 그러나 설득하고 가르칠 수 있는 사상들을 어떻게 훌륭히 배열할 것인가를 아는 것은 변론가의 총명함에만 속하는 일이다. (Cicéron, *De l'Orateur*, Ⅱ, LXXVI, pp. 307~08).

또한 담론의 구성은 논리적인 필요성에 따르기도 하지만 정감적인 필요성에 부응하기도 한다. 왜냐하면 설득적 담론은 논리적 논증뿐 아니라 정감적인 감동을 지향하기도 하며 우리가 앞서 말한 설득의 모든 수단들 즉 에토스·로고스·파토스 모두를 가동시키기 때문이다. 그런 관점에서 보면 논리적 논증과 정감적인 감동을 적절히 배분시키는 것이 논거 배열술의 커다란 과제라고 할 수 있다.

논거배열술에 있어 담론을 구성하는 부분들의 수는 수사학자들마다 서로 다르게 나타난다. 아리스토텔레스는 머리말—진술부—논증부—맺음말로 이어지는 네 가지 부분들을 제시하며 기원전 2세기 중엽의 수사학자였던 헤르마고라스는 진술부와 논증부 사이에 '여담'을 위치시킬 수 있다고 보며 키케로는 보다 세분화하여 머리말—진술부—분할—확증—논박—맺음말로 구성된 여섯 가지 부분들을 제시한다. 그러나 이는 어디까지나 이론적인 층위에서 만들어진 순서이며 설득의 주제에 따라 논거배열술을 구성하는 부분들 가운데 하나를 건너뛰거나 생략하는 것은 충분히 가능한 일이다. 예컨대 논증의 토대가 되는 사실들이 잘 알려져 있다면 그것들을 제시하는 것이 그 주된 목표라고 할 수 있는 진술부를 생략할 수도 있는 것이다.

담론의 서두에 해당하는 머리말은 청중의 관심을 끌도록 구성될 필요가 있다. 청중의 관심을 끌고 경우에 따라서 청중의 동정을 사기 위해서는 주로 파토스와 관련된 부분들을 충분히 활용해야 하며 변론가가 앞으로 행할 설득과 논증의 신뢰성을 확보하기 위해서는 에토스의 여러 특성들을 제시해야 할 필요가 있다. 그렇기 때문에 머리말은 맺음말과 더불어 담론 가운데서 가장 감각적인 부분으로 간주될 수 있다. 그러나 논리적인 설득의 방식 또한 등한시되어서는 안 되는데 그 이유는 다루고자 하는 문제나 증명하고자 하는 주장을 간결하고 명확하게 제시함으로써 청중들에게 이해의 근거를 마련해주어야 하기 때문이다.

머리말 다음에는 사실들을 이야기하거나 재구성하는 데 그 목적이 있는 진술부가 위치한다. 진술은 과거의 사실들에 대한 서술이나 전설 또는 허구적 이야기의 양식에 의해서 이루어질 수 있는데 중요한 것은 사실들을 간결하고 명확하며 그럴듯하게 서술해야 한다는 것이다. 변론가는 가능한 한 객관적으로 사실을 진술해야 하므로 여기서는 에토스나 파토스보다는 로고스적 특성들이 가장 잘 드러난다고 할 수 있다. 또한 사실들이 잘 알려져 있지 않은 경우라면 진술부는 논거배열술에서 가장 중요한 부분이 된다. 우리가 흔히 '육하 원칙(六何原則)'이라고 부르는 것—언제 · 어디서 · 누가 · 무엇을 · 왜 · 어떻게—은 진술부의 전형적인 서술 방식에 해당한다.

사실들을 제시하는 데 있는 진술부 다음에는 논거들을 제시하고 상대방의 논거를 반박하는 논증부가 위치한다. 앞서 설명한 기술 내적 논거들, 즉 예증법과 생략 삼단 논법은 바로 이 부분에 위치한다. 자신의 논거를 제시하는 것을 '확증 confirmation'으로 그리고 상대방의 논거를 반박하는 것을 '논박 réfutation'으로 나누고 이 둘을 분리시키는 이론가들도 있지만 자신의 논거를 확증하는 것은 항상 상대방의 논거를 반박하는 것과 연결되어 있다는 점에서 동일한 부분으로 간주할 수 있다.

담론은 이른바 맺음말로 끝나게 되는데 여기서는 청중들

의 정념에 호소하는 방식이 주로 채택된다. 왜냐하면 맺음말에서는 기존의 논의들을 새로운 방식으로 요약하기도 하지만 청중의 심금을 울림으로써 설득의 효과를 극대화시키는 것이 그 주된 목표이기 때문이다. 그 점에서 맺음말은 파토스와 로고스가 가장 탁월하게 결합되는 영역이라고 할 수 있다. 청중의 심금을 울리기 위해서 가장 흔히 쓰이는 방식은 청중의 연민에 호소하는 것이다. 예를 들어 재판적 담론에서 피고의 입장에 놓인 변론가는 삶의 흥망성쇠를 거론하면서 지난날의 행복과 지금의 불행을 대비시키거나 그가 유죄 판결을 받는다면 그에게 닥칠 불행들을 열거함으로써 선처를 호소할 수도 있다. 그러나 연민에 호소하는 방식은 될 수 있으면 짧을수록 좋다. 왜냐하면 퀸틸리아누스가 지적하고 있듯이 "눈물처럼 빨리 말라버리는 것도 없기" 때문이다. 이와는 반대로 청중들의 분노를 야기시키는 방식을 사용할 수도 있다. 특히 '과장법 amplification'은 청중들의 분노를 불러일으키기에 적합한 방식이다. 예컨대 재판적 담론에서 원고의 입장에 놓인 변론가는 범죄의 실상을 보여준 다음 피고를 석방한다면 이는 다른 사람들에게 그를 모방하라고 권유하는 데 지나지 않으며 그를 벌하는 것만이 시민의 행복을 위해 필수적이라는 사실을 보여줌으로써 범죄의 심각성을 강조하는 전략을 구사한다. 흔히 '사회로부터의 완전한 격리'를 강조하는 검사들의 논고는 이를 잘 보여준다.

이러한 부분들에 앞서 말한 '여담'이 덧붙여질 수 있다. 왜냐하면 주제의 엄밀한 틀을 벗어나는 것은 담론의 지나치게 논리적인 측면을 보완하고 또 청중들의 정념들을 불러일으키거나 진정시키는 데 필요하기 때문이다.[29]

　이는 이른바 '긴장 완화'의 순간으로서 담론의 어느 부분에 위치시켜도 좋은 '유동적인' 부분이지만 통상적으로는 논증부와 맺음말 사이에 놓인다.

　앞서 설명한 군대의 은유에서 잘 드러나듯이 변론가는 마치 전쟁에 임하는 장군처럼 그의 군대들이 적군에 섬멸당하지 않고 이길 수 있도록 배치를 한다. 하지만 머리말에서 진술부를 거쳐 논증부와 맺음말에 이르는 순서가 정해졌다고 해서 그의 '배치'가 다 끝난 것은 아니다. 자신이 가장 공들인 논거들, 가장 자신 있게 내세울 수 있는 논거들을 어디에

---

29) 혹은 정반대로 담론의 논리성과 일관성을 해칠 위험이 있기 때문에 가능하면 피해야 할 부분으로 간주되기도 한다. 퀸틸리아누스는 '여담'을 상당히 포괄적으로 정의함으로써 담론을 논증과 여담 사이의 균형의 상태로 파악하고자 한다: "우리가 정의했던 다섯 부분들 (머리말 · 진술부 · 확증 · 논박 · 맺음말) 이외에서 말해지는 모든 것이 여담에 속한다: 분노 · 혐오 · 증오 · 역설 · 변명 · 화해 · 모욕적 언사에 대한 논박. 논증하고자 하는 것에 포함되어 있지 않은 모든 것도 이와 마찬가지이다: 과장법이나 겸양법 또는 감정에 대한 호소, 그리고 담론에 즐거움과 장식을 가져다주며 사회 · 탐욕 · 종교 · 의무들을 논하는 모든 구절들."

배치하느냐의 문제가 남아 있는 것이다. 강력한 정예 부대를 초반에 내보내 적을 섬멸할 것인가 아니면 천천히 적을 유인한 다음 마지막에 내보낼 것인가. 이와 관련하여 퀸틸리아누스는 세 가지 전략들을 제시한 바 있다. 우선 머리말에 강하고 무거운 논거들을 배치하고 점차적으로 이를 완화시켜나가는 방식과 그 정반대의 순서가 가능하다. 그러나 가장 강한 것으로부터 시작해서 가장 약한 것으로 끝나는 순서는 청중들이 최초에 제시된 논거들의 힘을 담론이 진행됨에 따라 점점 망각해버림으로써 논거를 잘 이해하지 못할 위험이 있으며 그 정반대의 순서는 청중들을 싫증나게 할 우려가 있다. 퀸틸리아누스는 그 절충안으로 머리말과 맺음말에 강하고 무거운 논거들을 배치하고 그 가운데에는 비교적 비중이 약하고 가벼운 논거들을 두는 방식을 제시하는데 이를 『일리아드』에서 네스토르가 택한 전술에 비유하여 '호메로스적인 순서'라고 명명한다. 퀸틸리아누스는 변론가에게 어떤 틀에 박힌 순서만을 고집한다는 것은 장수에게 하나의 전략만을 고집하는 것만큼이나 어리석은 일이라고 지적함으로써 논거배열술에서 제시된 순서들이 담론의 '상황'에 맞게 재구성되어야 할 필요성을 역설한다. 우리는 바로 여기서 수사적 '기술'이 변론가의 외부에서 동떨어진 채, 주입되는 일방적인 규칙들이 아니라 변론가가 담론의 '상황'에 따라 재조직하고 만들어나가야 하는 기술이라는 점에서 그것의 능동적이고 조작적인 성격을 다시 한번 확인해 볼 수 있다.

IV. 표현술

담론의 유형이나—예를 들어 재판적 장르, 토론적 장르, 첨언적 장르 가운데 어디에 속하는가에 따라— 설득해야 할 주제 또는 청중의 성향에 맞추어 논거들이 발견되고, 이러한 논거들이 논증의 틀 속에 편입되어 적절한 배열에 의거하여 조직되면 이제 그것들을 언어로 표현하는 일이 남게 된다. 논거발견술·논거배열술에 이어 수사적 기술을 구성하는 세 번째 부분인 표현술은 바로 이러한 과제를 수행한다. 표현술은 논거발견술이나 논거배열술에 의해 확립된 담론의 뼈대에 살을 붙이고 담론을 구체적으로 가시화한다는 점에서 담론의 귀결점이기는 하지만 결코 담론의 유일하거나 가장 중요한 요소는 아니다. 이는 표현술의 단지 한 부분에 지나지 않는, 수사학의 '문채들'에 대한 최근의 급증된 관심 때문에 수사학을 수사적 기술의 세번째 부분인 표현술로 축소시켜서 생각하는 습관에 비추어볼 때 더욱더 중요한 문제이다. 그것은 20세기 중반 이후에 나타난 이른바 신수사학 néo-rhétorique, 즉 문채들로 줄어든 수사학의 특수한 경향이지 이 천년 이상을 아우르는 서구 수사학 전체를 관통하는 보편적 특징은 아니다. 특히 그리스·라틴 수사학으로 대표되는 고대의 수사학에서는 표현술이 결코 '그 자체로서' 존재하지 않았음을 유념해야 할 필요가 있다.

　표현술은 논거발견술을 통해 제시된 '내용'에 적절한 말과 문장들을 부여하는 기술이라는 점에서 주로 담론의 '형식'에 관련된다. 바로 그렇기 때문에 표현술은 담론의 형식과 관련된 기술들을 다루는 다른 분야들 예컨대 시학이나 문체론과 밀접하게 연결되어 있다. 그리고 수사학을 흔히 시학이나 문체론과 어느 정도 연관시켜 생각하는 까닭도 바로 여기에 있다. 예컨대 바르트는 수사학과 시학의 융합으로부터 문학의 개념이 비롯된다고 하면서 다음과 같이 지적하고 있다.

　아리스토텔레스적 수사학을 규정짓는 것은 수사학과 시학이라는 두 체계의 대조이다. 즉 아리스토텔레스는 담론의 현상과 관련하여 크게 수사학과 시학의 두 체계로 나누어 고찰하였다. 그런 의미에서 이러한 대립의 체계를 인정하는 저자들은 모두 아리스토텔레스식 수사학의 계열에 놓인다고 할 수 있다. 반면에 이러한 대조가 무화되고, 즉 수사학과 시학이 융합되어 수사학이 시적 기술이 될 때 아리스토텔레스식 수사학은 사멸된다. 이러한 수사학과 시학의 융합은 문학의 개념의 기원을 이룬다는 점에서 매우 중요하다. 아리스토텔레스의 수사학은 논리적 추론에 중요성을 부여하기 때문에 표현술은 그 한 부분에 지나지 않는다. 그러나 수사학과 시학이 섞이게 되면 그것은 더 이상 논거의 문제가 아니라 작문과 문체의 문제와 동일시된

다. 즉 문학은 글 잘 쓰는 기술로 정의되며 순문학 belles-lettres
에 속하게 된다.[30]

실제로 표현술은 '수사학과 문학이 서로 만나게 되는 구심
점'의 역할을 하며 수사적 담론을 위해 만들어진 수많은 범
주들이 문학 텍스트를 기술하는 데 전용되어 사용되어왔다.
또한 수사학 교육의 측면에서 볼 때 시인들은 변론가 못지
않게 훌륭한 전거, 즉 모방해야 할 위대한 모델로 인정받아
왔다. 수사학이 문학 비평의 첫번째 도구가 될 수 있었던 것
은 바로 표현술을 구성하고 있는 주개념들인 문체 style와 문
체 figure를 통해서였다. 바로 그렇기 때문에 표현술의 수사
학은 문체론과 밀접한 관계를 유지한다.

수사학의 여러 부분들은 구성뿐만 아니라 문체, 즉 전체의
형식들뿐 아니라 하나 또는 몇몇 문장들의 형식에도 관련된다.
'표현술'은 수사학의 세번째 부분을 구성하며 오늘날 문체론이
라고 부르는 것과 거의 일치한다.[31]

물론 지금 현재의 상황을 고려해보건대 문체론과 수사학
은 서로 구분되어 있으며 그들의 관계가 매우 복잡하게 형성

---

30) 롤랑 바르트, 「옛날의 수사학」, p. 28.
31) A. K-Varga, *Rhétorique et littérature, op. cit,* p. 16.

되어 있기는 하지만 문체론의 대상이라고 할 수 있는 문체를 전통적으로 담당해왔던 분야가 바로 수사학이라는 점에서 "수사학은 고대인들의 문체론"이며 역으로 "문체론은 현대판 수사학"[32]이라는 시각이 가능해지는 것이다.

우리는 표현술을 문체와 문채의 두 부분으로 나누어 검토해보기로 하는데 그 발음이나 철자에서 충분히 드러나듯이 이 두 개념들은 명확한 의미 규정이나 조건을 명시하지 않은 채 서로 혼동되어 사용되고 있다는 점에서 이 두 개념들에 대한 논의는 매우 중요한 듯이 보인다.

1) 문체

논거발견술이나 논거배열술의 경우처럼 문체 또한 분류들을 통해 이해되어왔기 때문에 수사학이란 조잡한 명칭들을 지닌 방식들의 목록에 불과하다는 비판이 특히 표현술에 집중되어 제기되곤 했다. 우리는 문체와 관련된 분류의 몇 가지 실례들을 제시하고자 하는데 이렇듯 전통 수사학은 분류 행위에 대한 강한 집착을 보여준다는 데 그 특징이 있다. 전체를 부분들로 나누고 그것들을 또다시 하위 구분들로 세분화시키고 다시 전체와의 관련성을 따지는 것은 거의 모든 수사학 개론서들에서 찾아볼 수 있는 특징이다. 이를 예컨대

---

32) P. Guiraud, *La stylistique*("Que sais-je?"), PUF, 1955. p. 5.

'문자 이전의 구조주의'의 발현으로 간주하는 시각도 있지만 이러한 분류에 대한 집착은 대개의 경우 수사학에 대한 비판과 혐오의 주된 원인을 이룬다. 왜냐하면 분류에 대한 열의는 언제나 여기에 공감하지 않은 사람에게는 무의미하고 무용해 보이기 때문이다. 또한 객관적이고 중립적인 분류란 있을 수 없으며 항상 분류하는 사람의 선택과 기준이 있게 마련인데 수사학 개론서에서 볼 수 있는 잡다하고 미세한 분류들에서는 종종 그것을 관통하는 선택의 원칙과 분류의 기준이 명시되어 있지 않은 경우가 많기 때문이다. 그렇기 때문에 수사학 개론서에 대한 독서는 대부분의 경우 끈질긴 인내력을 요구한다.

그러나 많은 수사학자들은 논거발견술이나 논거배열술에서와 마찬가지로 표현 '술'도 자연적 본성의 연장선상에서 그것을 도와주는 역할을 하는 것이기 때문에 분류 행위 그 자체가 목표가 될 수 없다는 점을 분명히한다. 예컨대 키케로는 "두 가지 종류의 표현술, 즉 자유롭게 전개되는 표현술과 인위적으로 가공된 다양한 형식들을 지닌 표현술"을 서로 구분하고자 했으며 비슷한 맥락에서 18세기의 문법학자인 뒤마르세Dumarsais도 문채의 사용이 인간의 자연스러운 본성에 기인한다고 지적하고 있다.

문채들이란 자연적이고 일상적인 화법으로부터 동떨어진 화법이 결코 아니며, 인간들의 언어에서 문채들만큼 자연스럽고 일상적이며 공통된 것도 없다. 〔……〕 실제로 나는 학자들이 모여서 며칠간 회의를 할 때보다 단 하루 동안 열리는 장터에서 더 많은 문채들이 사용된다고 확신하는 바이다.[33]

문체나 문채와 관련된 또 다른 논란거리는 그것들의 기능이 '장식적'인가 그렇지 않은가 하는 문제이다. 실제로 문체와 문채는 수사학 개론서에서 '장식성 ornatus'이라는 특성을 통해 이해되어왔다. 그런데 '장식'이라는 용어를 어떻게 해석하는가에 따라 문체와 문채에 대한 두 가지 대립적인 관점이 생겨나게 된다: 기능적 관점과 미학적 관점.

이를 키케로를 예로 들어 설명해보기로 하자. 키케로는 『변론가 L'Orateur』란 책 속에서 뒤에서 자세히 논의할 '문체들의 이론'을 개진하면서 그 주된 특성으로 '장식'을 거론하고 있다. 그러나 키케로가 말하는 '장식으로서의 문체'는 표현하고자 하는 사상과의 연관성 속에서 파악된 문체임을 명심할 필요가 있다. 즉 키케로가 문체의 문제에 접근할 때 그의 주된 관심사는 문체가 사상에 '적합한가'의 문제였다. 즉 사상 또는 내용은 이미 논거발견술이라는 수사적 기술에 의해 제시되었으므로 표현술의 단계에 도달했을 때 문체는 이

---

33) Dumarsais, *Des Tropes, op. cit.*, pp. 62~63.

러한 사상들에 적합하도록 유념해야 한다는 것이다. 즉 '장식'은 자족적인 가치를 지니지 않으며 순전히 미학적인 목표들을 위해 봉사하지도 않는다. 그러므로 키케로가 말하는 장식이란 우리가 흔히 경멸적인 어조로 '장식' 또는 '장식적'이라고 할 때와는 그 의미가 확연히 다르다.[34] 즉 표현술이 갖는 장식성은 허식이나 잉여의 의미가 아니라 표현하고자 하는 사상과의 적합성이라는 뜻으로 이해되어야 한다. 우리가 'figure'란 용어를 '문식(文飾)'이라고 옮기지 않는 이유도 바로 이 때문이다. '문식'이라는 용어는 결코 가치 평가가 제거된 중성적인 용어가 아니며 자칫 경멸적인 의미의 '장식성'이 개입된 용어로 비추어질 수 있기 때문이다. 그러므로 기능적 관점에서는 '명확성'이 문체의 첫번째 기준으로 제시된다. 즉 담론이 수사적 효과를 낳기 위해서는 의사 소통에 혼

---

34) 실제로 페렐만Ch. Perelman은 문체의 기능적 관점과 장식적 관점을 뚜렷하게 구분하고 그럼으로써 논증에 도움이 되는 '수사적 문체들 figures de rhétorique'과 그렇지 못한 '문체에 속한 문체들 figures de style'을 대립시키고 있다: "어떤 문체가 고려된 새로운 상황에 적합하게 사용되어서 관점의 변화를 일으킨 경우, 우리는 그 문체를 '논증적'이라고 생각한다. 그와는 반대로 담론이 청중으로 하여금 이러한 논증적 형태에 동의하는 데 이르지 못했을 경우 문체는 장식으로 간주될 것이며 문체에 속하는 문체들로 간주될 것이다. 그 경우 감탄을 불러일으킬 수는 있겠지만 미학적 측면이나, 아니면 변론가의 독창성에 대한 증언으로서만 그러할 것이다"(La Nouvelle rhétorique, PUF, 1958, p. 228).

선이 일어나서는 안 되며 다른 무엇보다도 명확히 이해될 필요가 있다는 것이다. 문체와 문채는 없어도 무방한 '부차적인' 장식이 아니라 사고가 나타나기 위해서는 '필수적인' 부속품들이다. 흔히 문채를 '의복'이나 '육체'에 비유하는 것은 바로 이러한 맥락에서이다.

그러나 문체나 문채에 대한 이러한 기능적 관점은 곧이어 담론을 마치 문학 담론처럼 다루고자 하는 '미학적 관점'과 경쟁하게 된다. 이러한 경향은 아름다운 문체를 찬양하기 위해 수많은 어휘들을(순수함 · 아름다움 · 고귀함 · 위대함 · 재미……) 동원하고 있는 이소크라테스에게 잘 보여진다. 예컨대 문채를 설명하기 위하여 흔히 동원하는 '화장'이나 '색조'에 대한 비유는 표현술이 얼마든지 '장식성'의 차원으로 환원될 수 있음을 잘 보여준다. 그러한 위험을 방지하기 위해 담론이 '여성화'되는 것을 경계하고 표현술이 '진한 화장'이 되지 않도록 유념해야 할 필요성을 역설하는 수사학자를 만나는 것은 그리 드문 일이 아니다.

이러한 장식은 남성적이고 건장하며 순수해야 한다. 그것은 지나친 분장에 집착해서는 안 되며 화장의 기만적 색조에 머물러서도 안 된다. 그것은 피와 활력이어야 하며 그것들만이 담론에 빛과 생기를 불어넣는다.[35]

문체가 전통적으로 어떻게 정의되었는가를 알아보기 위해 한 사전 속에서 문체의 항목을 인용해보기로 하자.

　'문체.' 이는 담론에 대해 말할 때 쓰인다. 문체는 각자의 생각을 표현하는 방식이다. 바로 그렇기 때문에 글쓰는 사람의 수만큼의 문체들이 존재하는 것이다. 그러나 이 다양한 표현 방식들은 세 가지로, 즉 평범한 것과 약간 더 고상한 것, 그리고 위대하고 숭고한 것으로 귀착되기 때문에 이 세 가지 방식들과 관련하여 세 가지 종류의 문체들, 즉 평범한 문체 style simple, 보통의 문체 style moyen, 숭고한 문체 style sublime가 존재한다. (*Dictionnaire de Richelet*)

　위의 정의에서 주목할 만한 부분은 우선 "글쓰는 사람들의 수만큼이나 다양한 문체들이 존재하"지만 그것들은 궁극적으로 세 가지 문체들로 환원될 수 있다는 점이며 이러한 개별적인 표현 방식으로서의 문체는 현대적인 의미에서의 문체에 대한 인식, 즉 문체란 작가의 자아의 직접적인 투영이라는 생각과는 관련이 없다는 점이다. 문체란 작가의 개성과 표현의 독창성이 드러나는 방식이라는 생각이 본격적으로 나타나기 시작한 것은 낭만주의에 이르러서였다. '문체는 곧

---

35) Quintilien, *Institution oratoire*, tome V, livre VIII, *op. cit.*, p. 62.

인간이다'라는 뷔퐁Buffon의 지적은 이러한 관점을 잘 대변해준다. 또한 독창성이나 개성은 항상 평범함이나 단조로움 또는 일상성과의 대비 속에서만 규정되므로 이러한 문체에 대한 현대적인 인식은 항상 '규범으로부터의 일탈'이라는 관념을 내포하고 있었다. 그러므로 전통 수사학에서 문체가 어떻게 정의되고 논의되었는가를 살펴보기 위해서는 이를 문체에 대한 현대적인 인식[36] ──혹은 문체론적 관점──과 구분해야 할 필요가 있다.

전통 수사학의 관점에서 볼 때 중요한 것은 문체가 설득의 주제에 적합한가이며 고대의 수사학자들은 줄기차게 이 점을 강조한 바 있다. 물론 문체에 있어 작가의 흔적이 완전히 배제되는 것은 아니다. 문체가 '사상들 속에 두는 질서와 움

---

36) 이를 보다 구체적으로 확인해보기 위해 낭만주의가 태동했던 19세기의 한 사전을 참조해보기로 하자: "표현술에 그 고유한 형상을 부여하는 것은 문체이며 변론가나 작가가 그 메커니즘이 잘 알려져 있는 문장이나 공통의 어휘로부터 끌어낸 말들을 사용하여 만인에게 속해 있는 사상들을 표현하면서도 그의 사상에 '개별적이고 특수한 각인'을 새길 수 있는 것은 문체 덕분이며 그로 인해 수많은 다른 문체들 가운데 자신의 문체가──좋은 문체건 나쁜 문체건간에── 알려지게 되는 것이다"(*Grand Dictionnaire Universel du XIXe Siècle*, 1866~76, t. XXII. p. 1158). 작가 프루스트도 비슷한 맥락에서 문체에 대해 다음과 같이 말하고 있다: "문체는 직접적이고 의식적인 방식들로는 불가능할, 세상이 우리에게 드러나는 방식에 있어 '질적인 차이'가 드러나는 양식이며 아마도 이러한 차이는 예술이 없었더라면 작가의 영원한 비밀로 남았을 것이다."

직임'이라면 이는 말하는 사람의 '성격'이 드러나는 표지일 수밖에는 없다. 하지만 이는 수사학에서 이야기하는 에토스, 즉 변론가의 신뢰성의 차원이지 변론가나 작가의 '독창성'이나 '개성'을 의미하는 것은 아니었다. 그러므로 전통 수사학에 있어 문체는 주제·청중·변론가 등 다양한 지점들이 만나는 장소이며 가장 훌륭한 문체, 즉 가장 효과적인 문체는 주제·청중·변론가 각각의 필요성을 충족시켜줄 수 있는 문체이다. 즉 훌륭하고 효과적인 문체는 다루고자 하는 주제나 듣는 청중에 '적합한' 문체이며 변론가 자신의 에토스가 녹녹하게 드러나 있는 문체이어야 한다. 수사학이 담론의 전체성—에토스/로고스/파토스 또는 변론가/주제/청중—에 관여되어 있는 것처럼 문체 또한 수사적 상황의 전체성에 대한 인식으로부터 비롯되어야 한다는 사실이다.

우리는 서로 다른 문체들에 공통적으로 속해 있는 특성들을 다음과 같이 지적해볼 수 있다: 명확성·정확성·장식·적합성. 이러한 목록은 수사학자들마다 조금씩 차이는 있을 수 있는데 예컨대 키케로는 다음과 같은 특성들을 열거하면서 이를 문체의 '빛 lumina'이라고 부르고 있다: 명확성·간결함·적합성·화려함·즐거움. 물론 이 가운데서 가장 중요한 특성은 문체의 명확성 clarté이다. 이해하기 어렵고 난삽한 문체는 일차적인 의미 전달에서 실패한 좋지 못한 문체

로 간주되기 때문이다.[37]

중요한 것은 위와 같은 특성들을 통해 파악된 문체란 수사학의 영역을 양분하고 있는 지적인 필요성과 감각적인 필요성 사이의 교량 역할을 한다는 점이다. 예를 들어 '명확성'이나 '간결함'은 직접적인 이해 혹은 지적인 이해를 지향하는 데서 생겨난 특성들이지만 '화려함'은 눈에 호소하는 감각적 성격을 지니며 '즐거움'은 머리가 아닌 마음에 호소할 때 생겨난다. *Rhétorique à Herennius*에서는 우아함, 말의 배열, 아름다움 등이 문체의 특성으로 제시되고 있으나 문체의 범주들에 대한 가장 완전한 정의를 제시한 수사학자는 2세기말 또는 3세기초의 그리스의 수사학자인 헤르모게네스였다.

그는 우선 문체의 '구성 요소들'을 제시한 다음 그로부터 문체의 범주들에 관한 논의를 전개한다. 헤르모게네스에 의하면 문체의 구성 요소들이란 그것들의 유무로 말미암아 어

---

37) 그런 관점에서 보면 명료성은 일상적인 용어를 구사함으로써 가능해진다. 그러나 너무 잘 알려진 일상어만 구사하다 보면 새로운 인식의 기쁨이 사라지고 자칫 진부함과 저속함에 떨어지기 쉽기 때문에 적절한 비유의 사용이 권고된다. 하지만 비유의 사용 또한 명료성의 원칙에 종속되어 있다고 할 수 있는데 왜냐하면 은유를 너무 과도하게 사용하거나 인식할 수 없을 정도로 낯선 효과를 가져오게 하면 은유는 일종의 수수께끼가 되어버리고 그 숨겨진 의미를 유추하는 데서 생겨나는 인식의 즐거움 또한 사라져버리기 때문이다.

느 담론이 어떠한 문체론적 특성을 갖는가를 판단하게 해주는 요소들을 말한다.

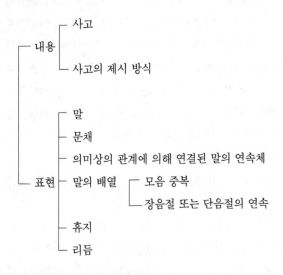

이 여덟 가지 구성 요소들이 어느 담론의 문체를 결정하는데 똑같이 중요한 것은 아니다. 제일 중요한 것부터 순서대로 적어보면 사고→말→문채들→사고의 제시 방식→말의 연속체의 길이의 순서이며 말의 배열이나 휴지 또는 리듬의 문제는 부차적인 것으로 간주되었다. 이를 근거로 헤르모게네스는 문체의 '범주들'을 다음과 같이 구분하고 있다.

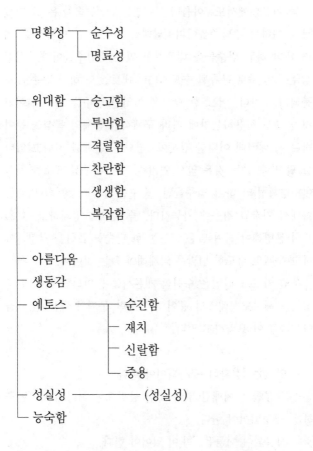

```
┌─ 명확성 ─┬─ 순수성
│          └─ 명료성
│
│
├─ 위대함 ─┬─ 숭고함
│          ├─ 투박함
│          ├─ 격렬함
│          ├─ 찬란함
│          ├─ 생생함
│          └─ 복잡함
│
│
├─ 아름다움
├─ 생동감
├─ 에토스 ───┬─ 순진함
│            ├─ 재치
│            ├─ 신랄함
│            └─ 중용
│
├─ 성실성 ──────── (성실성)
└─ 능숙함
```

위의 도식에서 왼쪽 칸에 열거된 특성들은 문체의 주범주
들이며 오른쪽 칸에 열거된 범주들은 하위 범주들이다. 주범

주들 가운데에서도 '아름다움' '생동감' '능숙함'은 그 자체로 존재하는 주범주들이며 '위대함' '에토스' '명확성'은 여러 개의 하위 범주들을 내포하고 있는 주범주들이다. '성실성'은 주범주로 분류될 수도 있고 '에토스'의 하위 범주로 구분되기도 한다. 어느 한 담론은 이러한 범주들 가운데 어떤 것을 주로 사용하는가에 따라 구체적인 문체의 특성을 부여받는다. 예컨대 어떠한 담론이 '명확한' 문체를 지니고 있다고 말할 수 있는 것은 앞서 열거한 문체의 구성 요소들 각각이 '명확성'의 하위 범주들인 '순수함'과 '분명함'의 범주들 속에서 기술될 경우에 가능하다. 즉 사고는 명쾌하고 그 흐름이 분명해야 하며 말은 가능한 한 단순한 표현을 지향해야 하고 문체의 과도한 남발은 억제해야 하는 것이다.

조엘 가르드-타민은 수사학 개론서들에 나타난 문체의 특성들—헤르모게네스의 용어대로 하면 문체의 '범주들'—을 다음과 같이 요약하고 있다.[38]

— 언어는 '정확히' 구사되어야 한다.

— 구문들은 애매함 없이 또한 불필요한 허식 없이 '단순하게' 구성되어야 한다.

— 사유와 용어들은 '힘'이 있어야 한다.

---

38) J. G.-Tamine, *La rhétorique*, Armand Colin, 1996, p. 116.

— 말과 문장의 요소들은 '조화롭게' 결합되어야 한다.

— 화자는 그가 말한 것에 개입되어 있어야 한다.

문체의 이러한 일반적 특성들이 제시되고 나면 담론이나 그 부분들에 적합한 층위에 따라 표현술을 분류하는 일이 남게 된다. 이를 위해 제시된 이론이 이른바 '세 가지 문체들의 이론 théorie des trois styles'이다. 이는 단순한 문체/중간의 문체/고상한 문체의 삼분법으로 제시되기도 하고 낮은 문체/평범한 문체/숭고한 문체의 삼분법으로 제시되기도 하다. 중요한 것은 이러한 삼분법은 결코 그 용어들이 암시하는 것처럼 수직적인 위계 질서를 나타내는 것이 아니라는 점이다. 그렇기 때문에 이러한 구분에는 결코 가치 판단이 개입되어 있지 않으며 '낮은 문체'가 '숭고한 문체'에 비해 열등하거나 저속한 것으로 간주되어서는 안 된다. 그것은 있을 수 있는 가능한 모든 담론들에 대한 '수평적' 분할에서 생겨난 삼분법이다. 낮은 문체에 어울리는 수사적 상황이 있고 숭고한 문체를 써야 할 수사적 상황이 있는 것이지 숭고한 문체가 그 자체로 낮은 문체보다 우월한 것은 결코 아닌 것이다.

문체들의 이러한 삼분법이 가장 최초로 체계적인 형태로 나타난 것은 *Rhétorique à Herennius*에서였다.

문체의 유형이라고 불리는 세 가지 장르들이 있으며 결함이 없는 모든 담론들이 이에 속한다. 첫번째 유형을 고상한 문체로, 두번째 유형을 중간의 문체로, 세번째를 단순한 문체로 각각 부른다. 고상한 문체는 유창하고 풍부한 형식 속에 고상한 표현들을 배열하는 데 있다. 중간의 문체는 그만큼 고상하지는 않지만 지나치게 천박하거나 공통적이지 않은 말들로 이루어진다. 단순한 문체는 정확한 언어의 가장 일상적인 실천까지 내려간다. (*Rhétorique à Herennius*, Ⅳ, 11)

　키케로는 이러한 문체들의 삼분법에 앞서 말한 문체의 범주들을 결합시킴으로써 세 가지 문체들의 이론을 보다 정교히 다듬어간다. 문체들을 연구함에 있어 키케로가 무엇보다도 강조한 것은 앞서 언급했듯이 문체와 사유의 '적합성 convenance'이었다. 즉 사상은 논거발견술의 기술들에 의해 제시되므로 문체는 사상에 적합하도록 유념해야 한다는 것이다.[39] 예를 들어 키케로는 단순한 문체의 특성들로 정확

---

39) 바로 여기서 수사학의 이론적 전제들을 떠받들고 있는 내용과 형식의 이분법이 생겨난다. 그리고 이러한 이분법은 수사학에 대한 비판의 결정적 준거틀로 작용하기도 한다. 즉 수사학은 '똑같은 내용을 여러 가지 방식들로 이야기하는 것'이 가능하다고 생각하며 그 결과 내용과 형식 또는 사물 res과 말 verba을 서로 구분하여 생각한다는 것이다. 물론 내용과 형식의 이분법은 수사학의 치명적인 약점으로 지적될 수 있겠지만 이를 좀더 다른 각도에서 이해할 필요가 있다.

성·명확성·적합성 그리고 생동감을 들고 있다. 단순한 문체는 고유하거나 일상적인 단어들을 사용하며 고어나 신조어는 좀처럼 사용하지 않는다. 또한 단순한 문체에서 사용되는 은유는 손쉽게 해독할 수 있어야 하며 일상어에서 온 것이어야 한다. 마지막으로 단순한 문체를 사용하는 변론가는 조화음(調和音)euphonie이나 리듬 등에 신경을 쓰지 않는다.

중세 시대에는 베르길리우스Virgile의 작품들을 이 세 가지 문체들 각각의 전범으로 삼아서 세 가지 문체들의 이론을 변형시키는데 이를 '베르길리우스의 바퀴'라고 부른다. 베르길리우스의 『목가Bucolique』(기원전 39년)는 단순한 문체의, 『농경시 Géorgiques』(기원전 29년)는 중간 문체의, 『아이네이스 Enéide』(기원전 19년)는 고상한 문체의 전범으로 간주된다.

내용에 수많은 형식들을 부여할 수 있다고 해서 그 어떤 형식을 택해도 무방하다는 뜻은 아닌 것이다. 이와는 반대로 청중이나 변론가에 적합한 형식의 선택에 결정적인 기준이 되는 것은 바로 발화 행위의 '상황'이다. 그리고 변론가는 이에 적절한 형식을 찾아내기 위해서는 일련의 표현 수단들을 숙지하고 있어야 한다.

	『목가』	『농경시』	『아이네이스』
(나무)	너도밤나무	과실수	월계수
(장소)	목장	들판	도시
(연장)	지팡이	쟁기	칼
(동물)	양	소	말
(계층)	휴식중인 목동	농부	총사령관
	단순 문체	중간 문체	고상한 문체

바퀴를 이루는 각각의 테두리는 주어진 문체와 연관이 있는 사회적 · 개인적 요소들에 대응한다.

베르길리우스의 세 작품들은 중세 시대에는 그 본질에 근거한 세 가지 시적 장르들의 위계 질서뿐 아니라 세 계층(목동 · 농부 · 전사)과 세 종류의 문체들의 위계 질서로 간주되었다. 이러한 위계 질서는 나무들(너도밤나무 · 과실수 · 월계수)과 장소들(목장 · 들판 · 성 또는 도시), 연장들(지팡이 · 쟁기 · 칼)과 동물들(양 · 소 · 말)로까지 확대되었다.[40]

'베르길리우스의 바퀴'는 문체의 총칭적 générique 특성을 잘 보여주며 이는 장르 이론의 한 전범으로 여겨질 만하다.

---

40) Curtius, *La littérature européenne et le Moyen Age Latin*, PUF, 1956, I. p. 367.

어떤 수사학자는 주제에 따라 하나의 문체만을 선택하라고 권고하기도 하고 예컨대 키케로처럼 '단조로움'을 피하기 위해서는 하나의 동일한 담론 내부에서 여러 종류의 문체들을 다양하게 혼합하는 것이 좋다고 말해지기도 한다. 예컨대 키케로는 고상한 문체 또는 숭고한 문체는 맺음말에, 단순 문체는 서술부에, 그리고 중간 문체는 머리말에 적합하다고 지적한다. 그러나 어떠한 경우이든간에 중요한 것은 선택된 문체가 논증의 필요성에 '적합한가'의 여부이며 이러한 적합성의 기준이 바로 문체의 다양성과 유연성을 만들어내는 것이다.

2) 문채

문채와 전의(轉義) trope는 문체와 더불어 수사학의 중요한 한 부분인 표현술을 구성하는 근본적인 개념들이다. 문체의 개념이 낭만주의 미학의 도래와 더불어 중요한 개념적 변형을 거치고 이어서 이른바 문체론의 등장(19세기말~20세기초)으로 또 다른 이론적 탐색의 대상이 된 것과 비례해서 문채나 전의는 이른바 구조주의나 언어학적 방법론의 집중적인 세례를 받은 신수사학의 조명하에 그 이론적 지위가 격상된 개념이라고 할 수 있다. 이러한 '문채의 신수사학'은 전통 수사학에서 이루어진 문채들에 대한 연구를 쇄신하고 그에 보다 견고한 이론적 토대를 부여하는 것을 주된 과제로 삼는다 .

고대 수사학은 순전히 분류적인 관점에서 구축되었다. 그것
은 서로 다른 유형의 일탈들을 표지하고 명명하고 분류하려고
만 노력했다. 이는 지루하지만 필요한 과제였다. 모든 과학들
은 그것으로부터 시작했다. 그러나 수사학은 이 최초의 단계에
머물러 있었다. 수사학은 서로 다른 문채들의 공통된 구조를
찾지 않았다. 우리 분석의 목표는 바로 그것이다. 각운과 은유
그리고 도치 사이에는 그들의 공통된 효능을 고려할 수 있게
해주는 어떤 '공통의 특징'이 존재하는가?[41]

위의 인용문에서 알 수 있듯이 전통 수사학은 수많은 "문
채들을 명명하고 분류하려고" 노력했기 때문에 문채에 대한
분류 작업은 문채에 관한 논의에서 반드시 지적되는 사항이
다. 이른바 '수사학의 문채들'은 여러 세기 동안 거의 '광
적'이라고 할 수 있을 분류 작업의 대상이 되어왔고 언어학
이나 문학 이론의 세련된 이론적 틀에서 재조명된 오늘날에
도 여전히 그러한 현상을 관찰할 수 있다. 문채와 관련하여
그것을 어떤 식으로든지 분류하지 않는 수사학자를 찾아보
기란 불가능한 일이다. 주네트가 19세기의 수사학자 퐁타니

---

41) J. Cohen, *Structure du langage poétique*, Flammarion, 1968, p. 48.

에에 대해 "수사학의 린네" 라고 칭한 것은 퐁타니에의 분류 작업의 정교함을 칭찬하기 위해서라기보다는 그 광적인 분할과 명명 작업[42]의 공허함을 비꼬기 위해서였다. 이렇듯 문채의 내적 분류에 그 수효가 많은 이유 중의 하나는 수사학에 있어서 문채들의 점증적인 지위 향상으로 인하여 용어들의 재창조가 필요했기 때문이다. 그러나 전통 수사학, 특히 고대 수사학에서 문채는 표현술의 한 부분에 불과했으며 앞서 설명한 문체의 개념보다도 그 폭이 훨씬 더 작은 개념이었다고 할 수 있다. 즉 문채는 헤르모게네스가 제시한 문체의 7가지 구성 요소들 가운데 하나이며 키케로가 말하는 세 가지 문체들 가운데 단순 문체는 문채의 사용이 가급적 제한되어 있는 문체라는 점에서 문채는 문체의 전영역을 포괄하지 못하는 개념인 것이다. 즉 표현술에 관련된 고대 수사학의 중요한 작업은 문채와 같은 그 한 구성 요소만을 별도로 다루는 것이 아니라 표현술의 여러 유형들의 성격 또는 작가

---

42) 특히 문채의 내적 분류 및 목록은 이른바 수사학 사전이나 고전주의 시대에 나온 여러 개론서들에 자세히 나타난다. 논의의 대상을 프랑스로 국한시켜 살펴본다면 가장 대표적인 사전으로 H. Morier, *Dictionnaire de rhétorique et de poétique*(PUF, 1960)와 가장 최근에 나온 G. Molinié, *Dictionnaire de rhétorique*(Livre de poche, 1994)을 들 수 있고 문채에 관련된 가장 널리 알려진 개론서로는 [이미 1830년에 출간되었으나 주네트의 노력 덕분에 재출간되고 널리 알려진 책으로] P. Fontanier, *Figures du discours*(Flammarion, 1968)를 들 수 있다.

들에 고유한 표현법의 성격을 결정짓는 것이며 이는 곧 문체에 대한 성찰로 귀결된다.

문채의 내적 분류 및 그 목록은 이른바 수사학 사전이나 고전주의 시대에 나온 여러 개론서들에 자세히 나와 있으므로 여기서는 그 목록들 전체를 하나씩 나열하기보다는 문채를 구성하는 커다란 원리들이나 그것이 불러일으키는 문제들을 중심으로 살펴보기로 하자.

이미 문채라는 용어 자체가 비유적 의미로 사용되는 용어라는 사실은 문채나 비유적 언어의 보편성을 역설적으로 입증해주고 있는 듯이 보인다. 18세기 프랑스의 문법학자이며 전의들에 관한 뛰어난 개설서를 썼던 뒤마르세는 문채를 다음과 같이 정의하고 있다.

그렇다면 문채들이란 무엇인가? 이 단어는 여기서 비유적 의미로 사용된다. 고유한 의미로 문채는 육체의 외적 형태를 뜻한다. 모든 육체들은 어느 정도의 넓이를 지니지만 이러한 일반적인 속성 이외에도 나름대로의 형태나 윤곽을 갖고 있어서 하나의 육체가 다른 육체와 우리가 보기에는 서로 달라 보이듯이 비유적 표현 즉 문채의 경우에도 마찬가지이다.[43]

---

43) Dumarsais, *Des Tropes*, Paris, 1730(Flammarion, 1988).

이런 뜻에서 보자면 문채는 말과 문장들의 외적 형태, 우리가 어떠한 표현을 지각할 수 있게 해주는 외적 표지들이다. 뒤마르세가 문채에 대해 내리고 있는 정의는 '담론의 형식'으로서의 문채이다.

문채들은 우선 생각하는 바를 알게 해준다; 그것들은 문법적인 구성 덕분에 어떤 것을 의미하는 데 있는 모든 문장들과 모든 말들의 결합에 적합한 일반적인 속성을 지닌다; 그런데 이에 덧붙여서 비유적 표현들은 그것들에 고유한 특별한 변형을 지닌다. 바로 이러한 변형 덕분에 각각의 문채를 별도의 독립된 문채로 명명할 수 있는 것이다. (*Des Tropes*, pp. 64~65)

문채를 이런 식으로 정의하게 되면 모든 담론은 나름대로의 특별한 형태를 지니고 있기 때문에 모든 것이 비유적이며 말의 어떠한 형태도 곧 문채로 간주할 수 있다는 결론에 도달하게 된다. 그러나 모든 담론이 문채를 지니고 있으며 비유적이라는 결론은 역으로 모든 담론은 비유적이지 않을 수 있다는 결론을 가능하게 하며 문채를 그것의 상위 개념인 문체와 동일시하게 되는 위험을 초래할 수도 있다. 그렇기 때문에 뒤마르세는 모든 담론에 '공통된' 일반적 속성과 문채가 이에 가하는 '특별한' 변형을 구별하고자 하는 것이다. 즉 표현들 가운데에는 의미하는 것만으로 만족하고 생각을 알게 하는 것으로 그치는 것들이 있는가 하면 이러한 일반적인 속성에 나름대로 고유한 변형이나 방식을 덧붙이는 표현들이 있다는 것이다. 생각을 일반적인 형태를 통해 알게 하는 경우라면 일상적인 문장들이나 표현들이 생겨나며 이러한 일반적 형태를 '변형시키면' 문채가 생겨난다고 보는 것이다.

그렇다면 문제는 문채가 가하는 이러한 "특별한 변형"의 성격을 어떻게 해석할 것인가이다. 바로 여기서 '일탈 écart'로서의 문채의 개념이 생겨난다. 즉 문채는 일상적이고 공통된 표현으로부터 '멀어지고' '벗어나는' 표현들이라는 것이다. 뒤마르세는 다음과 같이 문채에 대한 정의를 보충하고 있다.

문채란 하나 또는 여러 개의 말들이 지니는 독특한 지형에 다름이 아니다. [……]; 이러한 독특한 지형은 말과 문장들의 원초적인, 다시 말해서 근본적인 상태와 관련된다. 이러한 근본적인 상태에 대한 서로 다른 일탈들, 거기에 가하는 서로 다른 변형들이 여러 가지 문채들을 만드는 것이다. [……] 말을 그 근본적인 상태에서 이해했을 때 그 단순한 의미가 생겨나며 이러한 근본적인 상태들로부터 멀어졌을 때 문채가 생겨나는 것이다. (*Des Tropes*, p. 317)

문채에 대한 정의는 대체로 '형식'으로서의 문채보다 '일탈'로서의 문채를 강조하는 방향으로 나아간다.[44] 그런데 일탈이란 그로부터 벗어나는 것을 상정하는 '규범 norme'을 전제로 하기 때문에 문채에 대한 사유는 바르트가 지적하고 있듯이 언어에 있어 두 가지 층위들을 구분하는 결과를 낳는다.

의사 소통에는 하나의 일반적인 상태, 본래적인 층위, 비장식적인 하나의 토대가 있고, 거기서부터 좀더 복잡하고 장식적인, 원래의 토대와 다소간의 거리를 두게 되는 표현을 다듬어내는 일이 가능해진다. 수사학을 회복시키려는 행위는 두 언어체 사이에 일탈이 존재한다는 믿음의 결과이다. 반대로 수사학을 비난하는 경우에 그 비난은 항상 언어체들 사이의 계층을 거부한다는 명목으로 행해지고 있다.[45]

---

44) 그러나 문채를 이렇게 '규범으로부터의 일탈'로 정의하는 태도 역시 여러 가지 문제점들을 불러일으킨다. 우선 이러한 일탈이 표지되고 측정될 수 있는 '규범' 혹은 바르트식으로 표현하자면 글쓰기의 '영도degré zéro'는 순전히 이론적인 층위에서 설정되는 것이 아니라면 손쉽게 포착될 수 없다. 또한 모든 언어적 표현에 있어서의 일탈이 모두 다 문채들로 인정되는 것도 아니며 더 더욱이 모든 문채들이 다 일탈된 표현인 것도 아니다.

45) 롤랑 바르트, 「옛날의 수사학」, pp. 105~06.

'규범'에 속하는 언어의 층은 의사 소통의 언어이며 간단 명료하기는 하지만 건조해질 우려가 있으므로 문채가 '일탈'의 방식을 통하여 이에 생기를 불어넣는 기능을 하는 것이다. 그런 의미에서 문채가 꽃 또는 화초로 비유되는 것은 매우 흥미로우며 'figure'의 역어인 문채(文彩)에서 '彩'란 이러한 '색조' '빛' '생기' 등의 관념을 내포하고 있다.

오늘날 우리가 알고 있는 문채의 개념이 최초로 나타난 것은 그리스 시대의 소피스트 철학자인 고르기아스 Gorgias (기원전 483~376)에서이며 그의 제자인 이소크라테스 Isocrate(기원전 436~338)에 의해 확장된 문채의 개념은 라틴 수사학에 이르러 문채의 중요한 이분법이라고 할 수 있는 '사유의 문채 figures de pensées'와 '말의 문채 figures de mots'의 구분으로 명확히 자리잡는다.

문채에 아름다움을 부여하는 것은 담론을 다양하게 장식하는 것이다. 이러한 특성은 말의 문채들과 사유의 문채들을 포함한다. 단지 표현만을 특별히 다듬을 때 말의 문채들이 생겨난다. 사유의 문채들은 말이 아니라 사유들 그 자체에 기인하는 아름다움을 지닌다. (*Rhétorique à Herennius*, IV, 16)

물론 말이 있는 곳에서는 항상 사유가 있게 마련이고 사유는 표현을 요구한다는 점에서 말과 사유의 이러한 이분법은 결코 절대적일 수 없다. 그러나 말과 사유의 층위 가운데 어느 쪽이 더 강조되느냐에 따라 말의 문채와 사유의 문채의 구분이 생겨나는 것이다. 예를 들어 문장의 뜻을 강조하기 위하여 어순을 바꾸는 데 있는 문채—이를 '전치법(前置法)hyperbate'이라고 부른다—는 '말의 문채'로 분류되는데 그 까닭은 전치법은 궁극적으로 말의 순서들의 변화를 통해 알아볼 수 있기 때문이다. 그러나 반대로 '아이러니'와 같은 문채는 흔히 '사유의 문채'로 간주되는데 이는 표현된 것과 실제로 사유된 것간의 편차를 포착했을 경우에만—예를 들어 아이가 장난을 치다가 화분을 깨뜨렸을 때 부모가 "참 잘했어!"라고 말하는 경우처럼—아이러니를 알아볼 수 있기 때문이다.

'말의 문채'들은 여러 범주들로 나뉜다. 우선 '형태상의 문채figures de diction'는 말 그대로 말의 형태의 변화와 관련되어 있으며 음성적이고 형태론적인 변형의 여러 방식들을 포함한다. 운율이나 리듬에 관련된 문채들—예컨대 동일 모음이나 유사 모음을 반복하는 데 있는 '반해음assonance'—이나 '각운rime' 또는 동일한 어군에 속하는 여러 단어들을 계속해서 사용하는 데 있는 '파생dérivation' 등이 여기에 속한다.

변화의 대상이 통사론적 구문에 관련되어 있을 경우 이를

'구문상의 문채 figures de construction'이라고 부르며 앞서
말한 '전치법'이나 '반복 répétition' 등이 여기에 속한다.

  문채의 대상이 말의 의미일 때 '의미상의 문채 figures de
signification' 또는 '전의'[46]라고 부른다. 앞서 인용한 뒤마르
세는 전의를 다음과 같이 규정하고 있다.

  전의들은 한 단어에 정확히 그 단어의 고유한 의미가 아닌 의
  미를 취하게 하는 문채들이다. [……] 이러한 문채들은 그 어원
  이 '돌다' 또는 '회전하다'라는 뜻을 가진 그리스어의 'tropos'
  에서 파생된 어휘인 전의들이라고도 불린다. 그렇게 불리는 까
  닭은 한 단어를 비유적인 의미로 취할 경우 고유한 의미에서는
  결코 의미하지 못했던 것을 의미하게 하기 위하여, 말하자면 그
  단어를 회전시키기 때문이다: '돛'은 고유한 의미로는 결코
  '배'를 의미하지 않는다; 돛은 배의 일부분일 따름이지만 가끔
  씩 '배' 대신에 '돛'이라고 하기도 한다. (Des Tropes, p. 69)

뒤마르세에 의하면 전의는 문채의 세번째 유형으로서 문
채의 하위 개념이다. 그런 관점에서 보자면 문체 〉 문채 〉 전

---

46) 문채가 어원적으로 '형태'를 가리키는 그리스어 'skhéma'에서 파생
   되었듯이, 전의 'trope'라는 단어는 회전하다라는 뜻을 가진 그리스
   어의 동사 'trepô'의 어원에 결부되어 있다. 그 명사형인 'tropê'는 회
   전하는 것 또는 의미를 바꾸는 것을 지칭하며 이는 의미의 '방향'에
   있어서의 변화를 가리킨다.

의와 같은 위계 질서를 그려볼 수 있다. 그런데 예컨대 앞서 인용한 뒤마르세보다 정확히 1세기가 지난 후에 그의 견해를 비판한 바 있는 퐁타니에(1768~1844)에 의하면 모든 전의들이 다 문채인 것은 아니다. 예를 들어 '돛단배' 대신 '돛'이라고 부르는 경우와 대체할 고유한 표현이 마땅히 없기 때문에 어쩔 수 없이 '책상다리'라는 표현을 쓰는 경우는 서로 구분되어야 한다는 것이다. '돛'은 '돛단배'라는 일상적인 표현으로부터 '일탈되어서' 그것을 '대체하는' 표현이지만 '책상다리'에서 '다리'는 물론 사람의 '다리'로부터 일탈된 표현이기는 하지만 그것을 대체하지는 않기 때문이다. 즉 전자에서는 '돛'/'돛단배'라는 두 가지 표현들 가운데 하나를 '선택'을 할 수 있지만 후자의 경우 '다리'는 그렇게 쓸 수밖에 없는 강요된, 필연적인 표현이다. 퐁타니에에 있어 '일탈'은 곧 '선택'이나 '대체'의 관념을 내포한다.

결국 문채는 그것이 관습적인 사용을 통해서 아무리 일상적이고 공통적이 되었다 할지라도 자유롭게 사용될 수 있는 경우에만 즉 언어에 의해 강제적으로 부과되지 않은 경우에만 문채라는 이름을 간직할 수 있다.[47]

---

47) P. Fontanier, *Figures du discours, op. cit*, p. 64.

그런 관점에서 본다면 전의들은 '문채인 전의들 tropes-figures'과 '문채가 아닌 전의들 tropes non-figures'로 나누어질 수 있다. '돛'은 부분을 전체로 대신하는 데 있는 제유 synecdoque이자 문채이며 '책상다리'는 은유적 방식을 통해 이루어지는 전의이기는 하지만 문채는 아닌 것이다.

문채와 전의를 구분하는 또 다른 기준은 그것들이 포함되어 있는 담론의 형식적인 길이와 관련되어 있다. 즉 전의들은 고립된 단어들—그 가운데에서도 주로 사람이나 사물을 가리키는 명사들—에 생기는 현상이라면 문채는 고립된 단어들이 아닌 결합된 단어들의 현상이라는 것이다. 이러한 기준은 고대의 수사학에서 자주 제시되었으며 예컨대 키케로는 그 대표적인 수사학자이다. 예를 들어 돛단배를 '돛'으로 부르는 것은 어떠한 사물에 부적절한 명칭을 부여하는 것으로서 단어의 차원에서 이루어지는 전의이다. 하지만 문채는 전의와는 달리 고유한 용어들을 사용하여 생겨날 수도 있으며 '아이러니'의 경우에서 볼 수 있는 것처럼 한 문장 또는 문단의 차원에서 이루어지거나 '알레고리'의 경우처럼 담론 전체 또는 작품 전체의 맥락을 요구하기도 한다.

'의미상의 문채'들, 즉 전의들의 숫자는 시대에 따라 가변적이지만 은유 métaphore, 환유 métonymie, 제유가 그 가장 대표적이라고 할 수 있다. 예컨대 퀸틸리아누스는 모두 열세 개의 전의들의 목록을 제시하고 있는데 그 가운데 '의성어'는 의미의 변화와 관련되어 있지 않은 듯이 보이며 '아이러니'와 '알레고리'는 흔히 '사유의 문채'로 분류되는 것들이다. 뒤마르세는 예외적으로 서른 개의 목록을 제시하고 있지만 그보다 불과 한 세대 뒤인 보제 Beauzée(1717~1789)는 전의들을 앞서 말한 은유/환유/제유의 세 가지로 축소시켜 제시하고 있다. 오늘날 야콥슨이 문채를 은유와 환유의 대립 쌍으로 제시한 것은 이러한 축소 지향의 역사적 전개와 밀접한 연관이 있어 보인다. 또한 우리가 수사학을 흔히 은유와 환유에 대한 논의로 축소시켜 생각하는 것은 바로 이러한 이유 때문이다.

의미상의 문채들 또는 전의들에 관한 논의는 의미의 다양한 층에 관한 논의와 밀접하게 연결되어 있다. 왜냐하면 전의는 고유한 의미와 비유적 의미의 대립 또는 문자적 의미나 일상적 의미 등과 같은 의미의 층을 항상 전제로 하기 때문이다. 즉 중요한 점은 문채 또는 전의를 결정짓기 위해서는 문자적 의미 sens littéral/고유한 의미 sens propre/비유적 의미 sens figuré와 같은 의미의 복수태들이 기능하는 과정 및 양상을 파악해야 할 필요가 있다는 사실이다. 문채 또는 비유적 의미를 결정하기 위한 여러 시도들 가운데 대표적으로 두 가지 시도들을 들어보기로 하자.

(1) 18세기의 문법학자인 뒤마르세는 기독교 해석학에서 전개된 비유적 의미에 관한 논의를 받아들여 문채의 비유적 의미를 결정하려고 한다. 우선 뒤마르세는 문자적 의미와 정신적 의미 sens spirituel를 대립시킨다. 문자적 의미란 "언어를 듣는 사람의 정신 속에 말들이 제일 먼저 불러일으키는" 의미를 뜻한다. 말을 낳게 한 의도와는 상관없이 말을 문자 그대로 취하는 데서 생겨나는 문자적 의미는 다시 두 가지 의미들로 세분된다. 즉 인간에게는 '다리'가 두 개 있다고 할 경우처럼 '고유한' 의미로 쓰일 때도 있고 '책상다리'라고 할 때처럼 '비유적 의미'—이를 보다 구체적으로 '남유catch - rèse'라고 부른다—로 사용되기도 한다. 혹은 기회를 '잡는다'라고 할 경우는 '잡는다'라는 말은 문자적이고 비유적으로 사용된 것이다. 그렇기 때문에 두 가지 종류의 문자적 의미가 존재한다: '엄밀한' 문자적 의미와 '비유적' 문자적 의미.

문자적 의미가 즉각적으로 받아들여지는 의미라면 정신적 의미는 문자적 의미에 덧붙여지는 의미로서 문자 그대로가 아니라 정신을 추구하는 경우에 생겨나는 의미를 뜻한다. 여기서 기독교 해석학의 영향이 두드러지게 나타나는데 왜냐하면 정신적 의미의 탐색은 성경의 해독—예컨대 예수께서 "오른쪽 뺨을 때린 사람에게 왼쪽 뺨도 내밀라"고 했을 때의 의미를 해독하는 경우—에 있어서는 필수적이기 때문이다.

정신적 의미는 도덕적 의미 sens moral, 알레고리적 의미 sens allégorique, 신비적 의미 sens anagogique 등과 같은 세 가지 하위 범주들을 포함하고 있다.

(2) 19세기 초반의 수사학자인 퐁타니에는 뒤마르세의 이러한 견해를 반박하면서 원초적 의미sens primitif, 확장된 의미sens extensif, 고유한 의미 그리고 비유적 의미의 상관 관계 속에서 전의 및 문채의 기능 작용을 파악하고자 한다. 퐁타니에에 의하면 우선 한 단어의 고유한 의미와 원초적 의미를 구분해야 할 필요가 있다. 왜냐하면 원초적 의미는 한 단어가 최초로 뜻했던 의미 또는 어원적으로 제일 먼저 생겨난 의미이기 때문이다. 이러한 원초적 의미에 필요상 덧붙여진 모든 의미—이를 확장된 의미라고 부를 수 있다—는 '새로운' 고유한 의미로 간주되어야 한다는 것이다. 예를 들어 '잡다 (또는 쥐다)'saisir는 물건을 잡거나 쥐는 행위라는 원초적인 의미를 지니고 있지만 그 이후에 기회를 '포착하다'는 확장된 의미가 덧붙여진 것이다. 그러므로 '잡다'라는 단어는 '쥐다'라는 원초적인 의미와 '포착하다'라는 확장된 의미 모두를 그 '고유한' 의미로 지니고 있는 셈이다.

원래의 의미에 연속적으로 덧붙여졌으며 결국에는 일상적이고 친숙한 표현으로 자리잡은, 심지어는 불변의 고정된 의미를 지닌 표현으로 자리잡은 수많은 서로 다른 의미들은 고유한 의

미로 간주될 수 있다. (*Figures du discours*, p. 159)

즉 한 용어의 사전적인 의미들은 모두 원초적인 의미와 그에 덧붙여진 확장된 의미들의 목록이라고 할 수 있다. 바로 비유적인 의미는 이러한 고유한 의미로부터 '멀어진' 의미들을 말한다.

V. 기억술과 연기술

담론이 전체적으로 또는 부분적으로 작성되고 청중들 앞에서 연설이 행해지기 위해서는 지금까지 준비되어온 과정 전체를 기억 속에 잘 가다듬을 필요가 있다. 이를 위해서 수사학은 특별한 연습—예를 들어 훌륭한 작가들의 뛰어난 구절들을 외우는 식의 연습—을 통하여 기억력을 유지하는 것의 중요성을 강조한다. 특히 글보다는 말이, 글로 씌어진 텍스트보다는 말로 행해진 담론이 문화의 중심을 이루었던 고대의 문화적 환경에서 볼 경우, 청중들 앞에서 행해지는 연설은 미리 작성된 원고나 쪽지들을 갖고 이를 읽어나가는 것이 아니었으므로 준비된 논거들이나 표현들을 머릿속에 기억해두는 일이란 변론가에게는 무엇보다도 필요한 과제였다. 기억술의 도움이 없다면 모든 것이 망각 속에 함몰되어버릴 것이므로 전통 수사학에서 기억술의 중요성은 다른 수사적 기술들만큼 강조되었다.

그러나 기억술이 항상 수사학의 일부분을 이루는 것은 아니었다. 예컨대 기억술에 관한 논의는 아리스토텔레스의 『수사학』에는 나오지 않으며 우리가 기억술에 대해 갖고 있는 대부분의 정보는 라틴 수사학에서 유래된 것이다. 또한 기억술에 대한 태도도 여러 가지 유형으로 구분된다. 예컨대 키케로는 기억할 수 있는 능력을 수사적 기술이 아니라 자연적 재능으로 간주하고 있기 때문에 기억술이 수사적 기술의 일부분이 될 수 없다고 본다. 그러나 이와는 반대로 퀸틸리아누스에게 있어 기억술은 재능일 뿐만 아니라 습득될 수 있는 기술이기도 하다. 바로 그렇기 때문에 기억술은 수사적 '기술'의 한 분야로 간주될 수 있는 것이며 우리가 앞서 살펴본 논거발견술 · 논거배열술 · 표현술과 뒤이어 검토할 연기술 등과 더불어 수사적 기술의 다섯 부분들 가운데 하나로 취급되는 것이다. 그런 관점에서 보자면 *Rhétorique à Herennius*의 저자가 다음과 같은 두 가지 유형의 기억을 구분하고 있는 것은 당연한 것처럼 보인다: 순수한 심리적 현상으로서 '자연적 기억'과 연습과 방법론적인 규칙들의 연마를 통해 강화된 '인위적 기억.' 즉 수사적 기술의 일종인 인위적 기억은 체계적인 연습을 통해 유지되며 특정한 방식들에 의거해서 자연적 기억을 도와주고 연장시켜주는 역할을 하는 것이다.[48]

---

48) '태 · 정 · 태 · 세 · 문 · 단 · 세…'로 진행되는 조선 시대 왕들의 이름을 외우는 법은 이러한 인위적 기억술의 전형적인 예라고 할 수 있다.

작성되고 준비된 담론을 보다 편리하게 기억하기 위해 흔히 사용하는 방식들 가운데 하나는 담론을 이루고 있는 요소들과 집의 방과 사물들을 서로 비교하는 것이다; 도입부는 집의 현관에 해당하며 도입부를 이루는 여러 요소들은 현관을 구성하는 여러 사물들(신발장·계단·문…)에 대응한다. 즉 변론가는 담론을 이루는 여러 요소들을 손쉽게 발견하기 위해서 상상력 속에서 이 가상적 공간, 즉 집 안을 거니는 방식을 채택하는 것이다. '기억'과 '장소'는 서로 불가분의 관계에 놓여 있는 것이다.

마지막으로 연기술은 말의 구체적인 실행과 관련된 방식들을 규정짓는 수사적 기술의 한 분야이며 이는 크게 목소리와 동작이라는 두 부분으로 나누어진다. 아리스토텔레스는 표현술을 다루고 있는 그의 『수사학』 제3권에서 연기술에 대해 짧막하게 언급하고 있으나 그 중요성은 거의 인정하고 있지 않다.

연기술에 관해서는 아직 어떠한 기술도 확립된 바 없다. 왜냐하면 연기술은 표현술에 아주 뒤늦게 덧붙여졌기 때문이며 그것을 곰곰이 생각해보면 쓸모 없어 보이기 때문이다. (*Rhétorique*, 1403b, p. 299)

그 중요성은 라틴 수사학에 들어서야 인정받게 되는데 키케로는 연기술을 "목소리와 동작을 강조한다는 측면에서 육체의 표현술"로 간주할 수 있다고 보며 *Rhétorique à Herennius*의 저자는 "그 누구도 연기술에 관해 정성스럽게 쓴 적이 없다"(III, 19)는 사실을 강조하면서 연기술에 대해 자세하게 논의하고 있다.

예컨대 목소리는 모든 사람이 들을 수 있을 만큼 크고 적절해야 하며 발음은 분명하고 정확해야 한다. 호흡은 잘 조절되고 적절히 분배되어야 한다. 지나치게 연극적인 효과는 피하되 서술부에서는 목소리를 간단명료하게, 그리고 논증부에서는 보다 권위적으로 조절할 수 있어야 하며 호소에서 연민, 또는 분노에서 기원에 이르는 다양한 감정들의 변주를 실행할 수 있어야 한다. 전문적인 변론가라면 변성기를 제외하고는 끊임없는 훈련으로 목소리를 가다듬어야 한다. 이러한 부단없는 연습의 필요성과 관련해 그리스의 웅변가 데모스테네스의 경우는 수사학자들 사이에서 자주 인용되는 예이다. 즉 그리스의 역사가이며 전기작가인 플루타르크의 『영웅전』에 의하면, 데모스테네스는 사람들이 모여 있는 곳에 가지 못하도록 스스로 머리카락을 절반이나 밀어버리고 지하에 서재를 만들어 그곳에서 발성 연습을 했다고 한다. 또 그는 "발음이 정확하지 못하고 말을 더듬거려" 웅변가로서

결함이 있었으나 입에 자갈을 문 채 말을 하고 달리기를 할 때나 숨이 찰 때 시를 암송해 자신의 결점을 극복했다고 한다. 또한 그는 큰 거울 앞에서 연설 연습을 하기도 했다. 말더듬이에다 목소리까지 약했던 데모스테네스는 이러한 부단한 연습의 결과 이 두 가지 약점들을 극복하고 훌륭한 변론가가 될 수 있었다는 것이다.

동작에 관해서는 대부분의 논의가 얼굴의 표정이나 손의 동작에 할애되어 있다. 예를 들어 입술을 비꼰다든지, 입을 너무 크게 벌린다든지, 머리를 뒤로 젖히거나, 눈을 땅에 내리깔고 눈썹을 치켜세우는 일 등은 가급적이면 삼가해야 할 동작으로 간주된다. 대신 손은 매우 적극적으로 움직여야 할 필요가 있다. 손동작의 중요성에 대해 퀸틸리아누스는 다음과 같이 언급하고 있다.

그것이 없다면 표현술이 훼손되고 허약해질 손에 대해서는 얼마나 많은 동작을 손이 행할 수 있는가를 말하기는 어렵다. 왜냐하면 손이 행할 수 있는 동작들은 말의 숫자와 맞먹기 때문이다. 신체의 다른 부위도 말하는 사람을 도와주기는 한다. 그러나 나는 손은 그 자체로 말을 한다고 단언하는 바이다. (*Institution Oratoire*, XI, 3, 85)

바로 그렇기 때문에 손동작은 연기술의 핵심으로 간주되

어왔으며 변론가가 불러일으키려는 감정들이나 논리의 전개
와 밀접하게 연결되어 있다.

손은 그 자체가 제2의 말이다. 손은 요구하고 약속하고 호소
하고 위협하며 간청하고 질문하며 부정한다. 손은 기쁨 · 슬
픔 · 주저 · 고백 · 회한 · 절제 · 양 · 수 · 시간 등을 말한다. 손
은 장소나 사람을 가리키기 위해 부사나 대명사를 쓰는 일을
대신해준다. 그 결과 수많은 민족들과 국가들에서 말해지는 다
양한 언어들 가운데 손은 만인에 공통된 언어인 것처럼 보인
다.[49]

연기술만 놓고 보자면 수사학은 공연예술(예를 들어 동작
의 예술인 무용)이나 연극과 밀접한 유사성을 지닌다. 연기술
의 수사학은 일종의 퍼포먼스이며 변론가는 동작이나 목소
리를 최대한으로 활용하는 일종의 배우이다.

---

[49] Julius *Victor, Art rhétorique*, J. Victor는 4세기경 로마의 수사학자이
다.

3장
수사학의 역사

　설득의 기술로서 수사학은 고대 그리스에 그 기원을 두고 있으나 흔히 생각하듯 전형적인 도시 국가인 아테네가 아니라 시칠리아 섬에서 태동한 것으로 기록되어 있다. 롤랑 바르트는 수사학의 탄생을 다음과 같이 설명하고 있다.

　수사학(메타 언어체로서)은 소유권 소송에서 생겨났다. 기원전 485년경 두 명의 시칠리아의 폭군인 겔론과 히에론은 시라큐즈에 사람이 살도록 만들고 용병들의 몫으로 나누어주기 위해 강제 이주와 인구 이동과 토지 수용을 시행하였다. 그러나 그들이 민주주의의 봉기에 의해 전복되었을 때, 그래서 '원래 상태로' 사람들이 복귀하고자 할 때, 토지소유권이 모호해졌기 때문에 많은 소송들이 발생하였다. 〔……〕 이 소송에는 저명한 민간 배심원들이 동원되었는데, 그들을 설득시키기 위해서는 그들 앞에서 '화술이 능란할' 필요가 있었다. 〔……〕 이 새로운 학파의 초기 선생들로는 아그리젠토의 엠페도클레스,

코락스Corax와 시라큐즈 지방 출신인 그의 제자 (강의료를 처음으로 내게 한 사람이다) 그리고 티시아스가 있었다. (「옛날의 수사학」, p. 23)

　물론 실천적 행위로서의 수사학은 메타 언어체로서의 수사학, 즉 교육과 학문의 대상으로서의 수사학에 선행하며 그 점에서 수사학의 역사 이전에 존재한다고 말할 수 있다. 마치 언어학, 또는 언어에 대한 이론적 성찰 훨씬 전부터 언어의 실천 및 사용이 있었던 것처럼 말이다. 그럼에도 불구하고 흔히 '수사학의 역사'를 통해 제시되는 것은 코락스로부터 시작되어 오늘에 이르는 거의 이천오백 년에 가까운 기간의 수사학의 전개 과정 즉 그 부침 및 소실, 재생 등의 과정이다. 3장 II절에서 자세히 거론되겠지만 수사학의 역사를 서술하는 가장 일반적인 모델은 유기체적 모델이라고 할 수 있다. 즉 수사학은 생명체처럼 '태어나고' '자라고' '늙고' '죽었다가' '되살아나는' 일련의 과정들을 밟아나간다는 것이다. 장구한 세월에 걸쳐 있는 수사학의 전개 과정을 샅샅이 살펴보는 것은 매우 벅차고 불가능하기까지 한 작업이므로 여기서는 이러한 유기체적 모델을 따라 생―노―병―사―재생의 의미있는 순간들을 중심으로 수사학의 역사적 부침을 재구성하는 것으로 만족하려고 한다. 바르트는 수사학의 통시태를 일곱 계기들――수사학의 탄생⇒고르기아스(문학으로

서의 산문)⇒플라톤⇒아리스토텔레스의 수사학⇒신수사학
⇒3학문(중세)⇒수사학의 사멸—로 구분하고 있는데 우리
는 편의상 고대 수사학/고전 수사학/현대 수사학의 세 가지
로 나누어 살펴보고자 한다. '고대의 수사학'에서는 이른바
아리스토텔레스식 수사학을 낳게 한 조건들 및 그 의미, 그
리고 라틴 수사학으로의 변형 및 이행 과정 등이 거론될 것
이며 '고전 수사학'에서는 중세와 르네상스를 거쳐 고대의
수사학이 어떻게 굴절되고 변형되는가를 살펴보면서 주로
주네트가 제시한 '줄어든 수사학'으로서의 수사학의 역사를
비판적으로 검토할 것이며 마지막으로 '현대의 수사학'에서
는 수사학이 19세기말경 교육과 학문의 장에서 소멸하게 된
이유와 20세기에 들어 다양한 분야에서 재조명되는 양상들
을 살펴보려고 한다.

I. 고대의 수사학

고대의 수사학은 수사학의 탄생 또는 그 '원형 archétype'
과 관련되어 있다. 그리스 수사학과 라틴 수사학으로 양분되
는 고대의 수사학 전체를 관통하고 있는 핵은 바로 아리스토
텔레스의 수사학이다. 즉 고대의 수사학은 아리스토텔레스
수사학 이전/아리스토텔레스의 수사학/아리스토텔레스 수사
학 이후라는 삼분법이 가능할 정도로 아리스토텔레스의 수
사학이 지니는 중요성은 매우 크다. 르불은 이러한 중요성을

비단 고대 수사학뿐 아니라 수사학의 모든 역사에 확대시켜 이야기하고 있다.

여러 다양한 시기들을 통해서 수사학이 여러 부분들 중 하나로 환원되기도 하고 어떠한 부분들이 집중적으로 부각되고 조명되기는 하였으나 아리스토텔레스가 규정한 바 수사학의 체계 자체가 부정된 적은 없었다. 즉 오늘날 영화나 무의식에 대해 수사학을 언급할 때조차도 우리가 참조하는 것은 바로 아리스토텔레스의 수사적 체계인 것이다. 다시 말해서 수사학의 역사는 그 시작과 더불어 끝난다.[50]

수사학의 역사에 있어 아리스토텔레스의 수사학이 차지하는 중요성은 이만큼 지대한 것이지만 이를 아리스토텔레스 자신의 산물로만 간주해서는 안 된다. 다시 말해서 아리스토텔레스의 수사학은 그것이 처해 있는 역사적 상황이 제기하고 있는 여러 문제들에 대한 일종의 해결책으로 제시되었다는 사실을 유념해야 할 필요가 있다. 즉 아리스토텔레스의 수사학 이전에는 플라톤과 소피스트의 수사학이 서로 대립하고 있는 논쟁적 공간이 있었고 아리스토텔레스의 수사학은 바로 이러한 논쟁적 공간에 대한 응답이었던 셈이다.

---

50) O. Reboul, *Introduction à la rhétorique, op. cit.*, pp. 13~14.

1) 플라톤과 소피스트 수사학

플라톤은 우선 두 개의 수사학을 선명하게 구분한다. 하나는 소피스트의 수사학에 의해 대변되는 '나쁜' 수사학이며 다른 하나는 철학자들의 수사학이 구현하는 '좋은' 수사학이다. '좋은' 수사학과 '나쁜' 수사학으로의 이러한 구분은 플라톤에게 거의 절대적이다. 즉 좋은 수사학은 진실에 대한 추구를 그 목표로 하지만 나쁜 수사학은 말을 진실의 추구를 위한 수단이 아니라 비굴한 술책·위조·속임수 등으로 사용하는 수사학이다. 좋은 수사학은 변증법이나 철학에 기여하지만 나쁜 수사학은 가장된 지식 또는 진리의 환영만을 가져다줄 뿐이므로 항상 경계해야 할 대상인 것이다.

흔히 플라톤이 수사학이라고 할 때 이는 '나쁜' 수사학을 가리키며 플라톤의 수사학 비판은 수사학에 가해진 가장 격렬한 비판으로 기록되어 있다. 즉 플라톤에 의하면 진리란 모든 대안이 배제된 단성적 담론의 공간에 위치하는 데 반해 수사학은 가변적이고 모순적인 여론이나 상식에 근거하기 때문에 수사학은 진리의 적이라는 것이다. 이러한 관점에 따르자면 진리는 당연히 수사학이 아닌 과학 또는 철학에서 담당해야 한다. 플라톤이 이른바 로고스라고 부르는 진정한 담론의 세계는 의견opinion이나 우발성 그리고 상반된 진리의 가능성을 전혀 내포하고 있지 않다. 즉 애매모호함이나 의미의 복수성, 다양한 의견들 따위는 로고스의 세계에서는 허용되지 않는다. 로고스의 세계를 이루는 진정한 문제들은 수사학이 전제로 하는 토론과 논증의 대상이 되지 않으며 플라톤이 말하는 변증법이란 단일하고 단성적인 진리가 도출되는 질문과 대답의 과정을 뜻한다. 그러므로 플라톤이 구분하였던 나쁜 수사학과 좋은 수사학의 대립은 수사학과 대화술간의 대립으로 바꾸어 이해할 수 있다.

플라톤이 말하는 대화술의 논리에 의하면 개인과 개인, 영혼과 영혼의 교환만이 진리에 이르는 길이다. 예컨대 소크라테스는 단 한 사람에게만 말을 걸며 그와의 계속된 대화를 통해 주어진 문제에 대한 진리를 모색한다. 그러나 수사학에서 중요한 것은 개인이 아니라 집단 또는 이른바 여론의 세계이다. 우리가 2장에서 살펴본 수사적 기술의 많은 요소들은 대중적 의사 소통의 방식에 속하며 수사학은 이러한 대중적 의사 소통의 요소들이 일대일(一對一) 대면의 요소들과 똑같을 수 없다는 사실을 전제로 함으로써 성립된다. 실제로 법정이나 의회 또는 일정한 목적에 의해 조직된 군중 집회에 그 근원을 두고 있는 수사학은 그로부터 그 근본적인 방향 설정을 제시받는다. 수사적 담화는 다수의 사람들에게 건네지는데 이때 다수라 함은 사전에 미리 확실히 정해진 의견의 일치나 동질성이 없을 만큼 충분한 숫자를 가리킨다. 이러한 대중의 집단적 차원은 수세기 동안 수사학의 통일성을 유지시켜주었으며 특히 고대 수사학의 중요한 틀이기도 했다. 청중은 대화의 상대자인 한 개인과는 달리 매우 다양하며 사전에 미리 결정되어 있는 것이 아니므로 청중을 "마치 단 한 사람처럼" 반응하게 하고 그로부터 의견의 통일성을 이끌어내는 것은 변론가의 개인적 영예에 속하지만 원칙적으로 이러한 결과가 그가 말하는 순간부터 얻어진 것은 아니다. 그런 관점에서 본다면 대화만큼 고대의 수사학과 무관한 것은 없다.

이렇듯 다수의 사람들이 부딪히는 유동적인 공간 속에 소피스트 수사학이 놓여 있었다. 흔히 수사학은 다양성으로부터 출발해서 통일성을 이끌어낸다고 한다면 소피스트 수사학은 다양성의 세계 그 자체에 머물러 있다는 점에서 수사학의 한 극단적 표현이라고 할 수 있다. 소피스트 수사학은 설득의 대의명분에 개의치 않으며 효과적인 설득에 도달하기 위해서는—소피스트 철학자들의 관점에서 볼 때에는 누구나 다 나름대로의 대의명분이 있으며 이는 제각기 옳은 것이기 때문에—모든 방편들을 다 강구한다는 점에서 '대중 조작'의 수사술에 가까워지는 경향이 있다.

이렇듯 소피스트 수사학에서는 모든 현상에는 이중적인 해석이 가능하다는 극도로 열린 세계관 즉 다원주의적 세계관이 나타난다. 이는 소피스트 수사학이 기본적으로 그리스 사회가 귀족제에서 민주 정치로 정치적인 전이를 겪고 있을 때 생겨난 문화적 부산물이라는 사실을 생각해보면 쉽게 이해할 수 있다. 따라서 이들은 사물의 다양성과 여기에 상응하는 언어의 세계를 인정하며 획일적인 통일성으로 모든 것을 환원시키는 이성주의에 반대한다.

위에서 살펴본 것처럼 플라톤과 소피스트 수사학은 수사학의 실천과 관련한 가치 평가의 양극단에 위치한다. 즉 한편으로 플라톤의 절대의 세계에서는 다원주의적 세계관을 전제로 하는 소피스트 수사학의 가능성이 처음부터 배제되어버린다. 왜냐하면 그곳에서는 다양한 의견들이 상호 충돌되고 교환될 수 있는 가능성이 로고스의 영역으로부터 일찌감치 떨어져나갔기 때문이다. 반면에 소피스트 수사학에서는 모든 것이 허용되기 때문에, 어떻게 보면 어떤 것도 결정적으로 허용되지 못하는 가치 상대주의적이고 가치 부정적인 세계관이 생겨나게 된다. 즉 화려한 수사의 남발이나 교묘하고 선동적인 언사는 수없이 많지만 어떤 긍정적인 가치 기준이 없기 때문에 일반적인 동의나 결론이 부재하는 상황을 초래하는 것이다. 다시 말해서 수사학이 지향하는 수사적 논증의 과정이 여기서는 생략되어버리는 것이다. 그 어느 쪽에서 보든간에, 즉 플라톤이 추구하는 절대 진리의 세계에서나 소피스트들의 세계에서도, 수사학의 온전한 발전은 기대하기 힘들어진다. 왜냐하면 플라톤에게 수사학은 진리를 가로막는 언어의 가식들이나 허위적 사고들의 가면을 뜻했으며 소피스트 수사학에서 수사학은 수사 '술,' 즉 "작은 것을 크게, 사소한 것을 중대하게 꾸며서 말하는"말의 성찬으로 치부되었기 때문이다.

수사학의 독자성을 확립하고 수사학에 논리성과 과학성을 부여하기 위해서는 이러한 수사학에 대한 극단적인 평가들을 극복해야 할 필요가 있었다. 즉 한편으로는 수사학을 플라톤의 소피스트 철학자들에 대한 비난으로부터 끌어내야만 했으며 다른 한편으로는 소피스트 수사학에서 볼 수 있는 수사학에 대한 가치 폄하—혹은 지나친 과대 평가라고도 할 수 있는데 왜냐하면 말을 '통해서라면' 모든 것에 다 도달할 수 있다고 보았기 때문이다—로부터도 벗어나야만 했다. 이러한 과제는 바로 아리스토텔레스의 『수사학』에서 훌륭하게 수행된다.

2) 아리스토텔레스의 수사학

고대인들이 '수사학'이라고 부른 것은 효과적인 담론의 생산을 주관하는 '기술'이었다. 이미 아리스토텔레스 이전에 수사학이라는 용어가 사용되고 있었으며 수사적 실천이라고 부를 수 있는 언어 행위의 중요성이 일반적으로 널리 용인되고 있었지만 이러한 실천을 이론화시키고 거기에 체계를 부여한 사람은 바로 아리스토텔레스이다. 즉 아리스토텔레스 이전에는 수사학이 존재하지 않았다고 말하는 것은 매우 성급하고 위험한 결론이 되겠지만 아무튼 수사학은 아리스토텔레스에 이르러 그 결정적인 모습을 갖추게 된다고 볼 수 있다.

아리스토텔레스의 수사학의 목표는 플라톤의 수사학 비판과 소피스트들의 수사적 실천이라는 양극단으로부터 수사학을 구해냄으로써 이른바 '중용의 길'을 모색하는 것이라고 할 수 있다. 즉 플라톤의 입장과는 반대에 서서 아리스토텔레스는 수사학이란 단지 말의 치장술에 불과한 것이 아니라 논리학과 쌍벽을 이루는 사고의 학문이라고 주장한다. 그런 각도에서 그는 수사학에 제일 가까운 학문으로 변증법을 들고 있다. "수사학은 변증론 (기초 논리학)과 짝을 이룬다"는 『수사학』의 첫행(1354a 1)이나 "수사학은 변증론과 윤리학의 갈래임이 드러난다"(1356a 25)라는 진술들은 바로 이러한 의도에서 작성된 것들이다.

또한 아리스토텔레스는 수사학의 논리성을 중시하여 소피스트 수사학이 인간의 정서를 유발하는 쪽에 초점을 둔 것과는 달리 지적인 반응을 부각시키고자 한다. 즉 소피스트들이 청중들의 감정이나 정념, 즉 파토스를 자의적으로 불러일으켜서 사실을 왜곡시키는 경향에 대한 일종의 반박으로서 아리스토텔레스는 수사학을 철학적이고 논리적인 방법론 위에 정초시키고자 한다. 그가 설득의 방식으로 에토스(화자를 미덥게 보이기 위한 방법들)과 파토스(청중과 관련된 부분들)를 포함시키고 있다 하더라도 로고스, 즉 엄밀한 의미에서의

'논리적인' 부분을 가장 중요하게 생각하는 까닭이 바로 여기에 있다. 따라서 아리스토텔레스가 궁극적으로 강조하고자 하는 것은 말의 기술이 아니라 설득의 방법들을 발견하는 이성적이고 논리적인 능력이었다. 그는 수사학을 논리학에 바탕을 두게 함으로써 말을 감성보다는 이성의 산물로 부각시키고자 한다. 이런 관점에서 볼 때 논리학의 연역법과 귀납법을 수사학에 도입하여 수사적 삼단 논법과 예증법을 이론적으로 분석하고 설명한 것은 아리스토텔레스 수사학의 커다란 업적이라고 할 수 있다.

아리스토텔레스 수사학의 또 다른 업적은 수사적 담론을 세 가지 장르로 구분하였다는 점이다. 즉 담론이 지니는 설득력을 진리와의 관계뿐 아니라 (즉 논리적으로 얼마나 진리에 가까운가뿐 아니라) 발화 행위가 이루어지는 상황과 관련하여 규정지으려고 했다는 점이다. 아리스토텔레스에 의하여 최초로 체계적으로 분류된 이 분류법은 서구의 수사적 전통에 있어 하나의 기본 구도를 형성한다. 아리스토텔레스는 설득이 행해지는 구체적인 상황과 관련하여 세 가지 유형의 담론 또는 세 가지 유형의 청중을 구분해낸다[51]

---

51) 물론 아리스토텔레스가 제시한 '세 가지 장르들의 이론'은 매우 제한적이어서 모든 유형의 설득적 담론들이 그로 환원되는 것은 아니며 그 이외에 여러 유형의 장르가 있을 수 있다. 그러나 아리스토텔레스의 공헌은 담론을 그 청중이나 목표에 따라 분류할 수 있다는 것을 보여주었다는 데 있다.

청중	담론의 장르	시간	공론
관중들	첨언적	현재	아름다운/추한
법정(심판관)	재판적	과거	옳은/옳지 못한
의회	토론적	미래	유용한/무용한

바로 이러한 구분으로부터 모든 분야들에 적용될 수 있는 논리적이고 추상적인 도식이라는 의미에서의 소수의 '일반 공론'과 각각의 특수한 담론의 상황에 고유한 '개별 공론'의 구분이 생겨나는 것이다. 이런 관점에서 본다면 우리는 소피스트들의 수사학을 몇몇 특수한 담론들의 실행에만, 특히 재판적 장르에 고유한 수사적 실천으로 한정시킬 수 있게 된다. 즉 소피스트들의 수사학은 로고스보다 파토스를 우위에 둠으로써, 특히 재판적 장르에 특히 유리한 수사적 실천이다. 이렇듯 아리스토텔레스는 설득이란 바로 '논거'로부터 비롯된다는 단순한 생각에서 출발함으로써 플라톤의 수사학 비판으로부터 수사학을 구해내며 동시에 담론의 유형들에 대한 분류를 통해 소피스트 수사학을 수사적 실천의 한 유형으로 격하시키고 수사학을 변증법과 논리학에 가깝게 만들려고 시도했다고 볼 수 있다.

마지막으로 아리스토텔레스의 수사학은 대중, 상식, 일반적 여론 등을 중요시하는 이른바 '개연성'의 수사학이기 때문에 많은 사람들이 그의 수사학을 대중 문화에 대한 분석의 유효한 틀로 간주하며 문학 작품에 그 논의를 확장시킬 경우에도 작품의 미학이 아니라 '대중의 미학'에 가까워질 것이라고 이야기한다. 실제로 김현은 「수사학 연구의 방향」을 개괄하는 자리에서 수사학과 대중 문화의 연관성을 다음과 같이 지적하고 있다.

수사학에 대한 관심을 높이는 데 일정한 기여를 한 것은 대중문화의 분석이다. 대중 문화는, 복잡한 장르들, 예를 들어 시·소설·비평·희곡 등과 다르게, 대중들의 집단 의식—집단 무의식과 연결된 유형화된 문화이다. 〔……〕 대중 문화, 예를 들어 영화·탐정소설·만화·광고·유행 복장 등은 개인성보다는 유형이 훨씬 더 중요시되는 경향이 있다. 그 유형을 명명하는 데 큰 효력을 발하는 것이 수사학적 용어들이다. 수사학적 용어들은 대중 문화의 여러 유형을 특징지어주는 데 큰 효력을 발휘하여, 대중 문화를 수사학적 영역에 자리잡게 할 정도이다. 그것은 뒤집어 말하자면 대중 문화가 그만큼 개인성에 덜 집착하고 있다는 말이다. (김현, 「수사학 연구의 방향」, 『수사학』, p. 14)

3) 수사학과 윤리
바로 이러한 각도에서 아리스토텔레스가 수사학을 어떻게

정의하고 있는가를 다시 한번 살펴보기로 하자. 아리스토텔레스에 의하면 수사학은 "서로 상반된 주장들에 똑같이 적용되며"(1355a 35) 그 고유한 기능은 "각각의 주제가 포함하고 있는 설득의 방식들을 찾아내는 것"(1355b 10)이다. 그렇다면 서로 상반된 주장들 가운데 하나는 도덕적 대의명분을 지녔지만 다른 하나는 그렇지 못한 경우에 변론가는 이에 개의치 않고 양쪽 모두에 봉사해야 하는가. 그 주장이 나쁘고 비도덕적인 줄 알면서도 단순히 법정에서 승리하기 위하여 또는 논쟁에서 상대방을 제압하기 위하여 수사적 기술을 활용해야 하는가. 이러한 질문에 대답하기 위하여 아리스토텔레스는 수사학에 대한 정의 바로 다음 부분에 다음과 같이 수사학의 윤리성에 관련된 지적을 덧붙이는 것을 잊지 않고 있다. 즉 "비도덕적인 것을 설득해서는 안 되며" 수사학이 상반된 결론을 내릴 수 있는 까닭은 "질문들이 어떻게 제기되는가를 잊지 않기 위해서이며 누군가가 정의에 반대하여 논증을 할 경우 그를 논박할 수 있기 위해서"(1355b 31~31)이다. 물론 아리스토텔레스는 수사학을 그릇된 목적으로 사용할 경우 엄청난 재앙을 가져올 수 있으며 정의와 미덕을 부르짖고 추구하는 웅변가도 가끔 그렇지 못한 사람에게 패배당한다는 사실을 인정하고 있지만 청중들은 일반적으로 진실되고 정의로운 것을 선호한다는 신념을 갖고 있다고 믿었다. 바로 그러한 믿음에서 아리스토텔레스는 수사학적 윤리의 필요성을 강조하는 것이다.

아리스토텔레스가 이렇듯 수사학의 윤리성을 강조하는 까닭은 그만큼 수사학의 비윤리성 또는 비도덕성에 관련된 비판이 흔히 제기되어왔기 때문이다. 소피스트 수사학에 대한 플라톤의 단죄에서 극명히 드러나는 이러한 비판의 요지는 다음과 같다: 수사학은 비도덕적이고 범죄적이기까지 한 대의명분에 봉사할 수 있으며 그것이 미덕에 이르는 기술이라거나 선을 가르치는 담론이라는 보장은 없다. 또한 수사학이 일반적으로 근거하고 있는 옳음과 그름의 절대적 대립의 해체는 사회적으로나 도덕적으로 상당히 위험한 입장으로 해석될 수 있다는 것이다. 이른바 타락된 수사학은 내용의 가치나 진리 또는 미덕에는 무관심한 채 청중에 끼칠 결과만을 신경쓰기 때문에 설득의 기술은 흔히 도덕적으로 단죄될 수 있는 목적에 봉사할 수 있다는 비판이 제기되는 것이다. 그렇기 때문에 고대의 수사학에 있어 다음과 같은 질문은 회피할 수 없는 것이었다: 설득의 기술은 거짓의 기술과는 다른 것일 수 있는가?

다른 한편으로 수사학에 대한 윤리적 단죄는 수사학이란 단지 "별 내용도 없으면서 말만 잘하는 기술"이라는 식의 미학적 성격을 지닌 비판과 연결된다. 대개의 경우 이러한 비판은 형태와 내용의 일치를 전제함으로써 윤리적 비판과 합치된다: 진실과 선은 분장이나 장식을 필요로 하지 않으며 그것들은 거짓의 가면일 뿐이다. 이러한 자발적이지 않은 가공된 언어에 대한 비판은 어떤 것을 말하는 아주 단순한 방식 즉 일종의 "문체의 영도(零度)"라는 것이 존재하며 그것은 자연스럽고 '도덕적이며' 진실로 효과적이라는 생각에 토대를 두고 있다.

수사학에 대한 단죄로까지 이어질 수 있는 수사학에 대한 이러한 '청교도적' 인식은 언어에 대한 장식이 지나치면 그만큼 진실로부터 멀어진다는 생각에 바탕을 두고 있다. 즉 곧바로 진실을 향해 나아가는 단순한 언어와 장식으로 치장된 타락된 웅변[52]을 구분할 수 있으며 전자가 자연에 가까운 언어라면 후자는 자연으로부터 멀어진 인위적이고 가공적인 언어이다.

---

52) 이러한 타락된 웅변에 대한 비판은 종종 다음과 같은 일련의 은유들로 나타나게 된다: 거세된 남자(환관), 익살스러운 광대, 술 주정뱅이, 투명한 의복, 곱슬머리, 분칠, 탈모, 음란, 매춘. 언뜻 이질적으로 보이는 이러한 일련의 은유들은 실제로는 어떤 통일성을 갖고 있다. 즉 남자로서는 어울리지 않는 것, 즉 '남성적'이 아닌 모든 것을 나타내고 있는데 이는 여성성에 대한 부정이라기보다는 (왜냐하면 경우에 따라서 훌륭한 웅변은 순결한 처녀, 정숙한 부인의 이미지로 나타나는 수도 있기 때문이다) 지나치게 여성화된 남성성에 대한 비판으로 이해해야 할 필요가 있다. 그러나 지나치게 메마르고 건조한 문체 또한 경계해야 하며—예를 들어 '해골'의 이미지에 대한 비판—훌륭한 웅변은 이 양극단 사이에, 즉 지나치게 화려한 여성성과 지나치게 메마르고 건조한 남성성 사이에 위치해야 한다고 볼 수 있다.

이러한 기만적이고 비도덕적인 수사학에 대한 비판에 대응하기 위해서 이른바 교화되고 정당화된 수사학의 관념이 형성되는데 이는 고대 수사학에 던져진 중요한 화두 가운데 하나였다. 아리스토텔레스는 예컨대 수사학자가 갖고 있는 말의 '능력'과 그 능력을 사용하는 '의도'를 구분함으로써 이 문제를 해결하고자 한다. 즉 말을 잘하는 능력 또는 주어진 주제에 맞추어 설득할 수 있는 능력은 그 자체로 좋거나 나쁘거나 한 것은 아니며 그 의도가 도덕적이냐 아니냐에 따라 도덕성 여부가 판가름난다는 것이다.

　말에 대한 이러한 능력을 부당하게 사용함으로써 인간이 심하게 해를 끼칠 수 있다고 반박할 수 있겠는가? 내가 보기에는 미덕을 제외하고는 인간의 모든 소유물이나 능력 특히, 그것이 유용한 경우에는 똑같은 결론을 내릴 수 있을 것이다: 원기 · 건강 · 부 · 군대의 지휘.

　예를 들어 군대의 지휘는 침략한 적군을 섬멸하기 위해 군대를 동원하는가 아니면 쿠데타를 일으키기 위해 동원하는가에 따라 그 도덕적 성격이 결정될 것이다.
　그러므로 교화되고 도덕적인 수사학의 첫번째 원리는 변론가는 선한 품성을 지녀야 하며 완벽한 변론가란 타고난 위대한 영혼의 소유자이어야 한다는 것이다. 이는 아리스토텔

레스 이후 수많은 수사학자들이 도덕적인 요구의 압력 아래
인정하게 된 원리이다. 예를 들어 퀸틸리아누스는 경우에 따
라서 변론가가 좋은 것 대신 나쁜 것을 이야기할 수도 있으
나 ("진리를 위장하는 것은 어떠한 경우에는 현자들에게조차 완
전히 허용된다. 그리고 심판관은 정념을 통해서만 공평한 판단에
도달할 수 있기 때문에 변론가는 이를 사용해야 할 필요가 있다.
왜냐하면 판단을 내리는 사람이 무지한 경우도 있을 수 있으며
이 경우 그가 오류에 빠지지 않도록 하기 위해서는 그를 속여야
하기 때문이다") 이는 어디까지나 수사적 전략에 국한되는 것
이며 궁극적으로 변론가는 미덕을 갖춘 정직한 인간이어야
한다("진정한 수사학의 산물인 진정한 웅변은 정직한 인간의 미
덕으로부터만 생겨난다")고 역설하고 있다. 즉 수사학은 그것
을 실천하는 자가 정직한 인간 그리고 미덕을 갖춘 이상적
인간일 경우에만 그 이상에 도달한다. 퀸틸리아누스에 따르
면 '말을 잘하는 기술'로서 수사학이라는 정의에서 '잘하는'
이란 표현은 윤리적으로 정당하다는 의미를 포괄하며 웅변
가란 '말하는 기술이 좋은 선한 사람'이 되어야만 한다. 그는
『웅변교육』 12권 1장에서 전쟁터에서 싸운 모든 사람들이 용
맹의 미덕을 갖추었다고 말할 수 없듯이 설사 도덕적으로 나
쁜 사람이 훌륭한 웅변을 갖추었다고 할지라도 그 사람에게
웅변가란 이름을 부여해서는 안 된다고 주장한다. 키케로 또
한 문체는 곧 인간이며 말하는 사람이 훌륭하다면 그가 말하

는 방식 또한 훌륭할 것이기 때문에 설득의 효과가 인정된다고 하면서 변론가의 인격을 뜻하는 에토스를 강조하게 된다. 이렇듯 거의 모든 수사학 개론서들을 살펴보면 수사학의 정의 다음에는 반드시 변론가의 미덕이나 품성을 강조하는 대목이 나오게 마련이며 변론가의 윤리 즉 에토스가 수사학의 정의의 일부분을 이루어온 것은 바로 이런 측면에서 이해할 수 있다.

수사학의 윤리성과 더불어 수사학에 흔히 가해지는 비판들 가운데 하나는 수사학의 유용성에 관련된 비판이다. 이와 관련된 비판을 다음과 같은 일련의 질문들로 재구성할 수 있다: 수사학은 유용한가?—수사학은 유용하지도 않으며 심지어는 해롭기까지 하다. 즉 수사학에 가해진 가장 거친 비판은 그것이 설득에 충분하지도 필요하지도 않다는 것이다. 즉 수사학이 없이도 충분히 설득할 수 있으며 또 수사학의 도움을 받더라도 항상 설득할 수 있는 것은 아니라는 것이다. 또는 수사학의 유용성의 문제를 그것이 제시하는 목표에 도달할 수 있는 능력으로 제한할 경우 다음과 같은 질문이 가능해진다: 수사학은 모든 설득에 유용한가? 이 질문은 바로 수사학의 적용 영역을 검토하게 만든다. 즉 수사학에 의해 연마된 변론가는 모든 주제에 관해 설득할 수 있는가 아니면 제한된 몇몇 주제에 관해서만 설득할 수 있는가? 이에 대한 두 가지 입장들이 가능해진다. 우선 고르기아스나 가장 야심만만한 소피스트들은 변론가란 모든 주제에 관해 설득할 수 있다고 주장하지만 이러한 주장은 매우 격렬한 비판에 봉착한다. 왜냐하면 앞서 지적했듯이 이 가운데에는 윤리적인 대의명분에는 적합하지 않은 비도덕적 주제나 주장이 있을 수 있기 때문이다. 그로부터 아리스토텔레스에 의해 대변되는 두번째 경향이 생겨나는데 이는 설득의 영역을 담론의 세 장르들로 국한시키는 데 있다. 즉 변론가란 옳고 그름(법정), 유용성(의회), 비난과 찬사(첨언적 장르)에 속하는 가치들의 전문가가 되어야 하며 설득이란 객관적 명증성이나 이론의 여지가 없는 진리가 아니라 모순에 열려 있는 담론을 지향하게 된다.

4) 라틴 수사학

그리스 수사학에서 라틴 수사학으로 넘어가면서 가장 눈에 띄는 현상은 수사학의 쇠퇴이다. 쇠퇴된 수사학으로서 라틴 수사학에 관련된 설명을 사회적이고 정치적인 차원에서 제일 먼저 제시한 사람은 바로 타키투스이다. 그는 로마의 제정이 아테네의 민주주의를 대체하게 되고 정치적 토론이 더 이상 국가의 생활에서 중요한 위치로 자리잡지 못하게 됨에 따라 수사학이 점점 쇠퇴하게 되었다고 설명한다. 왜냐하면 변론술이란 애당초 민주적 의사 소통의 필수불가결한 도구로 간주되었기 때문이다. 즉 민주주의는 변론술 또는 웅변이 활짝 피어나는 필수적인 조건이며 역으로 웅변은 민주주의에 속해 있는 개인의 최상의 자질인 것이다. 웅변과 민주주의는 서로를 필요로 한다. 타키투스는 웅변이 그리스 수사학과 라틴 수사학에서 서로 다른 의미와 양상을 지니게 되었음을 다음 두 문단을 통해 보여주고 있다.

고대인들은 웅변이 없이는 그 누구도 원하는 상황을 획득하거나 보전하지 못한다는 확신에 도달했다. 그 시기에는 그 누구도 웅변을 소유하지 않고서는 커다란 영향력에 도달할 수 없었다. (Tacite, *Dialogue des orateurs*, XXXVI~XXXVII)

이미 '시민들 중 소수의 엘리트'들이 의견의 일치를 본 이상 상원에서 자신의 의견을 개진한들 무슨 소용이 있는가? 공공의 이익에 대해 논의하는 사람들이 무능력한 사람들이나 군중들이 아니라 가장 현명한 사람인 이상 사람들 앞에서 웅변을 한들 무슨 소용이 있는가? (XII)

이러한 쇠퇴 또는 약화의 직접적인 결과는 말이 설득의 도구로 정의되는 것이 아니라 미학적이고 문학적인 기능 속에서 정의되기 시작했다는 것이다. 즉 수사학은 결코 그 근본적인 목표, 즉 "말을 통해 행동하는 것"을 포기하지 않으면서도 '허구적 담론'과 '문학적 담론'과도 같은 '무상적인 gratuit' 담론에 가까워지게 된다. 즉 수사학은 의회나 법정 같은 의사 결정의 공간이 아닌 무상성의 공간에서 실행되기 시작하는데 그 가장 대표적인 곳이 학교라고 할 수 있다. 라틴 수사학은 '공공의 영역'에서 행해지는 '효과적인' 담론과 '무상성의 공간'에서 행해지는 '아름다운' 담론간의 내적 긴장 관계에 의해 규정된다.

이러한 지형의 변화에도 불구하고 라틴 수사학은 아리스토텔레스식 수사학의 완벽한 구현에 힘을 기울이는데 바르트에 의하면 "아리스토텔레스식 수사학의 이론은 아리스토텔레스 그 자신에게서 그 실천은 키케로에게서, 그 교육법은 퀸틸리아누스에게서 그 변형은 『숭고미에 대하여』에서 찾아볼 수 있다." 우선 키케로는 진정한 웅변과 철학은 서로 분리될 수 없다고 간주한다. 왜냐하면 진정한 웅변은 훌륭하고 광범위한 교양으로 무장되어 있으며, 영혼으로부터 생겨나기 때문이다. 변론가가 말을 잘하는 것은 그가 훌륭하게 생각하기 때문인 것이고 그 역도 마찬가지인 것이다. 키케로는 이렇듯 소크라테스에 의해 분리된 웅변과 철학의 관계를 다시 복원하고자 노력하면서 수사학을 학교의 교육으로 제도화시키는 데 거부감을 느낀다. 그 이유는 키케로는 전문화를 반대하고 보편적인 인간상을 요구했기 때문이다. 변론가에게는 일반화된 교양과 덕식이 필요하다고 키케로가 역설하는 것도 바로 이러한 맥락에서이다. 퀸틸리아누스는 그 이전까지 나온 그리스나 라틴의 모든 수사학 개론서들을 참조하여 수사학에 대한 정교한 체계를 만들어낸다. 그는 수사학에 관한 모든 가능한 구분들을 결합시키고 이에 위계 질서를 부여하는 데 성공한다. 훌륭한 변론가를 만들기 위해서는 연대기적으로 그를 어떻게 교육시켜야 할 것인가의 문제로부터 기술/자연(본성)의 대립, 담론의 세 장르들로의 구분(재판적/토론적/첨언적), 수사적 기술을 구성하는 다섯 가지 부분들의 체계, 담론을 이루는 부분들의 구성(머리말/진술부/논증부/맺음말) 등은 그가 처음 만들어낸 구분들이라고는 할 수 없지만 그에 이르러 훨씬 정교하게 다듬어지고 체계화된 부분들이라고 할 수 있다[53]

5) 수사학과 교육

대부분의 수사학 개설서들은 퀸틸리아누스 이후에 생겨난 작품들 가운데 헤르모게네스의 작품을 수사학 '이론'에 대한 마지막 기여로 간주한다. 이제 그 이후에는 요약과 주석 그리고 편찬의 시대가 도래하는 것이다. 이제 더 이상 어떤 것

---

53) 퀸틸리아누스의 "수사학과 그가 지향하는 수사적 교육"의 목표와 과정에 대해서는 박우수 지음, 『수사학과 문학』의 제 3장 「퀸틸리안과 '선한 웅변가' Vir Bonnus」(도서출판 동인, 1999, pp. 87~114)를 참조할 것.

도 새롭게 고안되지 않으며 반복하고 복제하고 인용문들을 뽑아내고 여러 작가들이나 전통들에서 차용해온 단상들을 뒤섞는 작업이 뒤따르게 된다. 이러한 배경에서 생겨난 것이 바로 수사학 '개론서'이다. 그를 통해 수사학은 이제 학교에서 교육되는 교과목으로 자리잡게 된다. 이러한 개론서의 저자들이 염두에 두고 있는 것은 그러므로 변론가가 아니라 학생이다.

아리스토텔레스식 수사학이 퀸틸리아누스에 이르러 체계적으로 완성되고 또한 민주 정치가 쇠퇴하면서 변론가들의 영향과 위신은 현격히 줄어들었으나 수사학은 교육의 대상이 됨으로써 새로운 이론적 전개의 기회를 맞게 된다. 예컨대 퀸틸리아누스가 수사학 교육자로 황제가 임명하는 공직을 받아 활동했던 1세기 로마에서 수사학 교육은 모든 학문의 요체로 간주되었으며 그 목표는 단지 달변가를 길러내는 것이 아니라 도덕적으로 훌륭한 로마 시민을 양성하는 데 있었다. 수사학이 법정이나 의회 같은 공간에서 실행된 것이 아니라 학교에서의 교육을 통해 전수된 것이다.[54]

---

54) 수사학이 로마 시대에 이르러 교육 제도 속으로 급속하게 편입된 것은 로마의 정치적 상황의 전개와 밀접하게 연관되어 있는 듯이 보인다. 다시 말해 초기 로마의 경우 아테네에서 성행했던 수사학이 민주 정치와 밀접한 관련을 갖고서 결국은 귀족 계급 중심의 사회 체제를 붕괴시키는 데 성공한 혁명적인 힘을 지녔다는 사실을 재빠르게 알아차린 로마의 검열관들에 의해 수사학은 국가의 질서를 유지하는

웅변의 조건들을 이루는 삼분법의 체계, 즉 자연/실천/이론 가운데서 학교가 책임지고 가르치는 것은 타고난 재능의 탁월함이 아니라 실천과 이론에 관련된 부분들이었다. 이는 '필수적 견습 과정'을 거치게 되어 있는데 필수적 견습과정이란 대가들에 대한 모방 또는 위대한 변론가들에 대한 독서나 주석으로부터 이끌어낸 모방을 훈련시키는 과정을 의미한다. 이러한 모방은 규칙들이나 방법을 따라 이루어지며 쉬운 것에서 어려운 것, 단순한 것에서 복잡한 것으로의 전개를 따라가는데 궁극적으로 '수사적 미문(美文)'의 작성을 그 목표로 한다.

수사적 미문의 완성 단계에 도달하기 이전에 학생들은 그 난이도가 단계적으로 구성되어 있는 예비 연습의 단계들을 거친다. 이러한 규범화된 연습들은 학생들에게 기계적인 작문의 습관을 가져다주며 여러 담론들에게 비슷하게 발견되

데 유해한 요소로 인식되었다. 그러나 로마 공화정이 발달하고 안정됨에 따라 수사학은 키케로의 경우가 잘 보여주듯이 자연스럽게 로마의 교육에 있어 중요한 자리를 차지하게 되며 아테네에서의 소피스트 수사학에 비견할 만한 소위 제2의 소피스트 시대를 맞이하게된다. 그러나 로마의 제국 시대가 열리게 되면서 수사학은 군중 집회의 광장에서 밀려나 법정의 변론이나 교실 안에서 학생들의 재치를 발전시키는 쪽으로 밀려나게 된다. 우리는 이러한 사태를 이른바 엄청난 정치적 잠재력을 지닌 수사학을 교실이라는 안전한 공간에 가두어버림으로써 위험한 폭탄의 뇌관을 제거해버리자는 정치적 전략의 일환으로 이해할 수 있다.

는 관념들이나 표현법들의 저장고를 습득하게 해준다.

이렇듯 예비 연습의 단계들을 거침으로써 학생들은 말의 보다 효과적이고 즉각적인 생산에 훨씬 더 용이하게 접근할 수 있게 된다. 즉 학생들은 어떠한 주제가 주어지면 담론의 생산에 이를 수 있는 모든 단계들을——논거들을 발견하고 그 순서를 정하고 담론을 작성하고 외운 다음 목소리와 동작을 통해 말하는 것——두루 섭렵하게 된다. 그러나 이 단계들에서는 영감의 자유로운 전개나 흐름은 허용되지 않았으며 재능은 아주 제한적으로만 즉 세부적인 부분이나 새로운 결합에서만 나타날 수 있었다. 연습은 매우 고정된 틀에 따라 이루어졌기 때문에 예를 들어 어떤 사람을 묘사하거나 그에 대한 초상을 서술할 경우 반드시 머리로부터 시작해서 발로 내려오면서 묘사해야만 했다. 즉 학생들이 획득할 수 있는 관념들과 표현들의 창고는 가능한 한 관습적이었으며 고정된 문화적 세계를 지칭하고 있었다.

수사적 미문은 현실의 사건에 의해 촉발된 것도 아니고 청중이나 관객으로부터의 어떠한 승인도 요구하지 않으며 현실에 어떠한 영향도 미치지 않는 '무상적' 담론이라는 점에서 통상적인 수사적 담론과는 구분된다. 수사학 교육이 정치적 담론이나 재판적 담론이 아니라 수사적 미문으로 대표되는 첨언적 담론을 그 궁극적인 목표로 제시할 때 변론가의 프로메테우스적인 형상, 즉 군중 심리나 배우의 연기, 논리학, 정치학, 기억술 등에 통달해 있고 철학적인 교양을 지니고 있으며 말에 대한 감각과 의표를 찌르는 표현에 능한 전지적인 인간의 모습은 사라져버린다. 또한 그렇게 됨으로써 그 동안 수사학에 잠재되어 있던 내용과 형식의 구분이 더욱더 급진적이 되며 내재적으로 판단될 수 있는 '아름다운 형태'에 대한 관심이 급증하게 된다. 수사적 '미문'이 함축하고 있는 것도 바로 이러한 아름다운 형태에 대한 급증된 관심이다.

또한 수사적 미문은 일종의 유희, 또는 지적인 스포츠로서 주어진 문제에 대해 기발함과 명석함을 뽐낼 수 있는 기회이기도 했다. 바르트는 아리스토텔레스의 수사학에서 매우 중요한 위치를 차지하고 있었던 논리적 삼단 논법이 수사학의 교육 체계 속에 자리잡으면서 어떻게 반박하는 자와 답변하는 자 사이에 펼쳐지는 일종의 '운동 경기'로 변질되었는가를 다음과 같이 설명하고 있다.

실습할 때는 반박하는 자와 답변하는 자를 대면시킨다. 답변자는 보통 응시자가 맡아 반대편의 반박에 응수한다. 국립음악연극학교의 경연 대회에서와 같이 반박하는 자는 반대하는 것이 그의 임무인데, 동료가 그 자리를 맡거나 혹은 의무적으로 선정된 사람이 맡거나 한다. 주제가 주어지면 반박하는 자는 그것을 반대하고 응시자는 답변한다. 그 결론은 주재하는 교사에 의해서 내려진다. 논쟁은 모든 것을 문제삼는다. 그것은 하나의 운동 경기이다. (「옛날의 수사학」, pp. 51~52)

이런 관점에서 본다면 변론가는 상대방을 제압하기 위해 말이라는 무기를 들고 무대 위로 올라온 운동 선수나 자신의 말의 아름다운 형태를 뽐내기 위해 갖은 연극적 효과를 연출해내는 배우의 모습과 유사해진다. 이제 그 목표가 설득에 놓여 있지 않은 연극적 요소로 충만한 담론이 생겨나는 것이다.

II. 고전 수사학

수사학에 대한 사고의 변천을 고찰함에 있어 그 경계를 명확히 확정짓는 일은 언제나 애매모호하고 때로는 불가능하기까지 하지만 통상적으로 고전 수사학은 중세와 르네상스를 거쳐 17세기 이후로부터 수사학이 공식 교육에서 사라진 해인 1885년을 기점으로 한 19세기 후반에 이르는 긴 시기를 아우른다.

시기적으로 볼 때에는 고대만큼이나 오래 지속되었던 중세는 수사학 이론의 다양성과 독창성, 그리고 수사학에 관련된 문헌의 양과 질의 측면에서 볼 때 훨씬 덜 생산적인 시대로 기록된다. 수사학은 분명히 교육과 학문에서 감소된 역할을 했으며, 고대와는 달리 철학이나 타학문의 영향을 적게 받았고, 또한 그것들에 끼친 영향도 적었다. 물론 바르트의 지적처럼 "성경이 문체로 가득 차 있다는 사실은 수사학이 기독교의 보증을 받아 합법적으로 고대로부터 서양의 기독교 사회 속으로 건너올 수 있게 해주는 근거"(「옛날의 수사학」, p. 42)를 이룬다고 볼 수도 있지만 중세에 이르러 수사학의 영향과 지위가 축소된 것은 바로 기독교의 영향 때문이며 성직자 계급이 말을 독점하려는 데서 비롯된다고 할 수 있다. 그 결과 수사학은 그 자체로서는 살아남지 못하며 기독교 해석학과 겹쳐지면서 그것에 자양분을 공급하는 역할로 만족한다. 교육의 측면에서 보자면 수사학은 3학문(수사학·문법·논리학)이나 7학문 (3학문+음악, 산술, 기하학, 천문학(또는 의학))의 한 부분으로 제시된다는 특성을 지닌다. 이는 수사학이 그만큼 교육의 체계에서 확고한 위치를 차지했다는 반증으로 해석될 수도 있으나 문법과 논리학이라는 주류 학문의 틈바구니에 끼여 일종의 주변부로 밀려난 학문으로 볼 수 있다는 점에서 수사학의 점점 더 약화된 지위를 드러내주는 증거로 간주할 필요가 있다. 중세에 유행하던 알레고리의 형식에 따르면 수사학은 "의복은 온갖 문체들로 장식되어 있으며 경쟁자에게 상처를 주기 위한 무기도 쥐고 있는 아름다운 여자"의 알레고리로 제시되는데 이는 진실과 사실에 비하면 부차적인 것이 되어버린 수사학의 지위를 잘 말해준다.

르네상스 시기(1350~1600년)에 이르러 수사학은 중세에 비하면 더 광범위하고 중요한 위치를 회복하게 된다. 이러한 회복의 전기가 되어준 것은 바로 르네상스가 맹렬히 추구했던 고대의 재발견이었다. 그 덕분에 고대의 문화적 유산들이 각각의 분야들로 속속들이 흡수되고 발전되었다. 예컨대 아리스토텔레스의 『시학 *Poétique*』이 1630년대 이래로 프랑스에 알려지면서 프랑스 고전주의에 기본적 틀을 마련해주었다는 것은 널리 알려진 사실이다. 반면에 수사학은 시학에 종속된 채 일종의 '시작법(詩作法) art poétique'으로 간주되고 있었다. 주로 발음이나 운율 등 운문vers의 형식을 다루는 분야를 '제2의 수사학 seconde rhétorique'이라고 불렀다거나 16세기 프랑스의 수사학 개론서들이 주로 표현술을 그 대상으로 삼았다는 점을 그 예로 들 수 있다. 실제로 16세기 프랑스의 플레이아드파 시인들(롱사르, 뒤벨레)과 동시대인인 푸클랭 Fouquelin의 저서인 『프랑스 수사학 Rhétorique française』는 표현술과 발음의 두 부분만을 다루고 있다. 이렇듯 르네상스 이후로 고전주의 수사학은 점점 더 문채나 문체를 그 주요 대상으로 삼는, 이른바 '표현술로 줄어든 수사학'이 아닌가라는 심증을 갖게 한다.

실제로 고전주의 수사학의 이러한 경향으로 인해 우리는 오늘날 수사학의 역사를 이해하는 통상적인 틀로 기능하는 '줄어든 수사학 rhétorique restreinte'의 테제를 만나게 된다. 프랑스의 문학비평가 제라르 주네트 Gérard Genette가

Communications 16호(1970)에서 제시한 바 있는 '줄어든 수사학'의 테제는 그 이후로 수사학의 역사를 이해하는 데 있어서 본질적인 개념이 될 정도로 상당한 성공을 거둔다. 그러나 최근에 들어 수사학의 역사와 관련된 몇몇 작업들의 구체적인 성과는 수사학의 역사란 주네트나 줄어든 수사학의 테제를 지지하는 다른 이론가들이 생각했던 것보다 훨씬 더 복잡한 형태를 지닌다는 것을 보여준다. 바로 우리는 이러한 관점에서 '줄어든 수사학'의 테제와 그에 대한 비판의 구체적인 내용을 살펴보고자 하는데 이를 고전 수사학을 다루는 이 부분에서 검토하고자 하는 까닭은 이른바 고전 수사학을 어떻게 이해하는가에 따라 수사학의 역사 전반을 이해하는 서로 다른 두 가지 관점들이 생겨난다고 볼 수 있기 때문이다.

1) 고전 수사학과 줄어든 수사학

'줄어든 수사학'의 테제의 구체적인 내용을 파악하기 위해 이 테제를 처음 도식화시켰던 주네트의 관점을 살펴보기로 하자. 주네트에 따르면 코락스Corax에서 오늘날에 이르기까지 수사학의 역사의 주된 단계들은 '일반화된 축소 지향의 역사'로 재구성하여 제시될 수 있다. 주네트는 1970년을 전후로 하여 발표된 수사학과 관련된 세 개의 텍스트들(그룹 뮈 Groupe *μ*의 『일반 수사학』, 미셸 드기M. Deguy의 「일반화된 은유이론을 위하여」 그리고 자크 쇼세J. Sojcher의 「일반화된 은

유」)를 그 주된 이론적 징후들로 판단하면서 이와 관련해
'일반화된 축소 지향의 역사'의 의미를 다음과 같이 설명하
고 있다.

　수사학— 문채— 은유〔위의 세 텍스트들의 제목에 나타난
바와 같이〕라는 말에는 바로 〔……〕 자기 능력의 범위나 아니
면 적어도 자기 행동 범위가 상어 가죽처럼 줄어들고 있음을
여러 세기 동안 끝없이 지켜보고 있었던 한 분야의 (거의) 역
사적인 행로가 그 주요 단계들을 보이며 그려져 있다.[55]

　주네트는 이렇게 하여 아리스토텔레스의 수사학이라는 수
사적 기술의 다섯 부분 모두를 포괄하는 이른바 '일반적인'
수사학으로부터 출발하여 오직 표현술로 축소된 『일반 수사
학』(그룹 뮈)──그러므로 여기서 '일반적'이란 용어의 의미
는 상당히 역설적이다──에 도달하는 과정의 명세서를 만들
고자 한다. 이를 위해 주네트는 아리스토텔레스에 의해 시작
되었으며, 담론 전체의 기술과 관련되어 있고 논거발견술·
논거배열술·표현술 같은 수사적 부분들간의 균형을 유지했
던 수사적 체계가 중세초부터 와해되기 시작한다는 주장을

---

55) G. Genette, "Rhétorique restreinte," *Communications* 16, 1970 (「줄어
　　드는 수사학」 김현 편, 『수사학』, p. 117. 이후로 인용은 국역본을 참
　　조).

제시한다. 그러나 아리스토텔레스적인 의미에서의 이러한 수사적 체계가 눈에 띄게 현저히 변화하는 것은 주네트에 의하면 "고전주의 시대, 특히 프랑스에서, 그리고 무엇보다도 18세기에서이다." 그는 수사학의 이러한 축소를 향한 여정을 다음과 같이 요약하고 있다: "이렇듯 수사학은 표현술의 기술에서 문채들의 기술로 점점 줄어들어 급기야는 전의들의 기술로 줄어들게 된다." 이러한 축소의 과정은 현대에 들어 더욱 가속화되며 수사학은 전의의 한 부분인 은유와 환유의 대립쌍으로 환원되는데 야콥슨의 언어학은 이러한 환원의 과정을 잘 드러내준다. 거기서 한 걸음 더 나아가 모든 문채들은 은유라는 단 하나의 문채로 환원되는데 앞서 인용된 세 텍스트들은 이러한 은유로 환원된 수사학의 주된 경향들을 보여준다.

따라서 주네트의 관찰에 따르면 "몇백 년에 걸친 수사학 축소의 이 움직임은 시적 언어의 그리고 일반적 언어의 본질적 은유성이라는 생각에 연결된, 은유에 대한 절대적 가치 부여 작용"(「줄어드는 수사학」, p. 137)으로 귀결된다. 이러한 줄어든 수사학의 역사가 '일반화된' 환원의 역사로 제시되는 까닭은 은유나 환유 또는 제유와 같은 광범위한 수사적 체계의 부수적인 일부분에 지나지 않던 문채들에 언어나 문학 또는 더 나아가 기호 일반의 시스템을 해명하는 막중한 역할을 부여했기 때문이다. 즉 한두 개의 문채로 모든 것을 설명하

려는 범(汎)수사학 pan-rhétorique의 경향이 생겨나게 되었
는데 이는 주네트의 설명에 따르자면 역으로 "우리가 '일반
화'시킬 것이 그토록 많다면, 그것은 분명 지나치게 그 폭을
줄여왔기 때문"에 가능해진 것이다.

　이렇듯 주네트가 제시하고 있는 줄어든 수사학의 테제를
자세히 살펴보면 18세기의 수사학, 그 가운데에서도 뒤마르
세나 퐁타니에로 대표되는 프랑스 고전주의 수사학을 '줄어
들고 있는' 수사학의 중요한 한 단계로 간주하고 있다는 사
실을 발견할 수 있다. 주네트가 뒤마르세나 퐁타니에의 수사
학을 높이 평가하는 이유는 그들의 수사학에서 발견되는 '전
의로의 환원'이 "프랑스 수사학의 발전에 미치는 영향" 때문
이며 그로 인해 "수사적 사고의 중심에다 '고유한 의미'와
'비유적 의미'의 대립을 위치시키고" 그럼으로써 수사학을
문채 현상 figuration에 대한 사유로 만드는 데 공헌했기 때문
이다.

　앞서 언급하였듯이 프랑스 고전주의 수사학은 "문채들과
시적 방식들의 이론에 대한 점점 더 두드러진 편향"이라는
특징을 갖는다. 그리고 이 시기의 가장 대표적이고 위대한 수
사적 연구로 간주되는 뒤마르세나 퐁타니에의 수사학이 위치
하는 것은 바로 이러한 고전주의 수사학의 틀 속에서이다.

　프랑스 수사학의 위대한 고전주의 작품은 전의들을 다룬 뒤

마르세의 개론서(1730)이며 이미 보았듯이 19세기초에 가장 유명하며 널리 퍼진 개론서는 문채들만을 다루는 퐁타니에의 것이다.[56]

즉 뒤마르세는 1730년에 간행된 『전의론』[57] 속에 전의들로 환원된 수사학을 구현하고 있으며 뒤마르세는 '의미의 문채들' 즉 전의들에 대한 이론을 통해 수사적 연구의 중심에 위치한다. 이렇듯 주네트는 뒤마르세의 『전의론』을 "고전주의 수사학을 가장 잘 대변하는 작품"으로 그리고 한걸음 더 나아가 "고전주의 시대의 프랑스 수사학에 고유한 경향"인 "전의로의 환원"을 극한까지 밀어붙인 방식으로 인해 "프랑스 수사학 전체의 가장 중요한 기념비"로 간주한다.

"이러한 전의로의 환원이 프랑스 수사학의 전개에 미치는 영향"이 분명하게 드러나는 것은 퐁타니에의 체계 속에서이다. 즉 뒤마르세가 전의로의 환원을 통해 고전주의 수사학을 대변한다면 주네트에 의하면, 퐁타니에는 "프랑스 수사학 전체의 귀결, 그 가장 대표적이고 완성된 기념비"로 간주될 수

---

56) G. Genette, "Rhétorique et son enseignement," *Figures* II, Seuil, 1969, p. 27(김화영 편, 『프랑스 현대비평의 이해』(민음사, 1985)에 「수사학과 교육」으로 번역되어 있음).

57) Dumarsais, *Des Tropes ou Des Différents Sens* : "figures" et vingt autres articles de l'Encyclopédie/présentation, notes et traduction de F. D. Soublin, Flammarion, 1988.

있다. 주네트가 퐁타니에에 대해 이렇게 극단적인 찬사를 내리는 까닭은 그가 "수사학이 군림하는 동안 제각기 높이 평가되었던 두 가지 극단적 부분들, 즉 수사적 영역 전체를 포괄하는 아리스토텔레스적 의미에서의 수사학과 다른 한편으로는 전의들만을 다루는 뒤마르세의 수사학간의 매개체"로 기능하기 때문이다. 퐁타니에는 뒤마르세에 비하여 수사적 영역을 확장시킴으로써 그리고 문채들의 이론을 수사적 연구의 중심부에 재위치시킴으로써 수사적 성찰을 심화시키는 데 지대한 공헌을 한다. 뒤마르세의 『전의론』(1730)에서 퐁타니에의 『전의 개설서 Manuel classique des tropes』(1830)로의 한 세기의 간격을 두고 이루어진 이행은 "고전주의 수사학을 가장 잘 대표하는 작품"에서 "프랑스 수사학 전체를 가장 잘 대표하는 작품"으로의 이행으로 수식된다.

줄어드는 수사학의 테제를 다음 도표로 요약해볼 수 있다.

고대의 수사학	고전 수사학			현대의 수사학 (신수사학)	
아리스토텔레스	중세 및 르네상스	뒤마르세	퐁타니에	야콥슨	그룹 뮈, 미셸 드기
논거발견술에서 표현술에 이르는 수사적 기술 전체	표현술	전의	문채	은유와 환유	은유

이러한 줄어든 수사학의 테제는 그 이후에 다른 이론가들에 의해 더욱 견고히 인정되는 듯이 보이는데 이를 확인해보기 위해 토도로프가 1977년 『상징이론 *Théories du symbole*』에서 제시한 수사학의 역사에 관한 이론적 모델을 살펴보기로 하자. 토도로프에 따르면 수사학의 역사는 두 번의 커다란 위기들로 점철되어 있으며 그로부터 서로 다른 네 가지 시기의 구분이 가능하다. 수사학의 첫번째 커다란 위기는 모든 형태의 웅변에 활기를 주었던 고대의 민주주의가 사멸하면서 쇠퇴의 일로에 접어들 수밖에 없었던 시기, 즉 웅변의 의미가 변화했을 때 생겨난다. 수사학의 첫번째 위기에 관한 토도로프의 설명은 수사학을 그것을 낳게 한 정치적이며 사회적인 상황과 밀접하게 결부시켰던 타키투스의 관점과 흡사하다고 볼 수 있다.

즉 우리가 이미 '라틴 수사학' (3장 1절) 부분에서 설명하였듯이 수사적 변론이란 말이 힘을 가지는 국가, 바꾸어 말하면 자유롭고 민주적인 국가에서만 가능한데 이러한 정치체제의 변질은 수사적 변론의 쇠퇴를 필연적으로 수반한다는 것이다. 웅변의 이러한 쇠퇴가 수사학에 가져온 가장 중대한 결과는 특히 수사학의 대상과 관련된다. 즉 표현술의 주요 기능인 'ornatio' 'ornare' 같은 용어들이 설득과 논증이라는 수사적 목표에 봉사하는 기능적인 것의 의미 이외에 장식적인 의미로 사용되면서 수사적 토대의 새로운 중심이 된다는 것이다. 토도로프는 키케로의 수사학을 새로운 웅변으로의 전이를 잘 드러내주는 징후로 간주한다. 즉 변론가 · 담론 · 청중 또는 에토스 · 담론 · 파토스를 연결하는 언술 행위 자체에 대한 고려가 "잘 말하는 기술"로서 표현술에 대한 관심으로 이동하면서 수사학이 지니는 논증적 차원이 그 미학적인 차원으로 바뀌었다는 것이다. 그러나 토도로프에 의하면 "수사학의 두번째 커다란 위기"가 시작되는 것은 퀸틸리아누스와 더불어서이다.

퀸틸리아누스에서 퐁타니에에 이르는 수사학의 두번째 위대한 시기는 (수사학에서의 진화는 매우 느리기 때문에 수사학은 그러한 축약이 가능하고 정당하기까지 한 학문이다. 만일 퀸틸리아누스와 퐁타니에가 장구한 세월을 뛰어넘어 서로 마음을 터놓았다면 서로를 완전히 이해했을 것이다) 그러므로 그것은 담론의 기능을 망각하고 있다는 본질적 특징을 가진다; 그 결과 우선적인 예가 된 것은 시텍스트이다.[58]

퀸틸리아누스에서 퐁타니에에 이르는 수사학의 두번째 시기에서 그 중심적 위치를 차지하는 것은 그 전체성 속에서

---

58) T. Todorov, *Théories du symbole*, Seuil, 1977, p. 68.

파악된 담론이 아니라 문채이다. 그러나 거의 천이백 년이라는 긴 시기를 아우르는, 이러한 문채로 축소된 수사학은 "느린 쇠퇴와 변질 그리고 자기 기만의 시기"로 파악되는데 그 까닭은 퀸틸리아누스에서 퐁타니에 이르기까지 문채가 "규범으로부터의 일탈," 즉 "종속적이고, 쓸데없이 덧붙여진, 장식적인 어떤 것"으로 정의되었기 때문이다. 그리고 토도로프에 의하면 이 시기에 있어 이른바 담론의 기능에 충실한 '행복한' 수사학은 가능하지 않은데 왜냐하면 수사학은 불필요한 장식들로 환원된 담론만을 다루기 때문이다. 그럼으로써 수사학은 그 '종말'에 다가서게 되고 그 결과 수사학의 규칙들은 낭만주의 미학으로 대체됨으로써 토도로프가 말하는 '두번째 커다란 위기'가 닥쳐온다.

18세기말에 수사학의 두번째 위기를 나타나게 할 변동이 생겨나며 이는 첫번째 위기보다 훨씬 더 심각한 것으로 드러날 것이다. 그리고 첫번째 위기의 경우 수사학은 동일한 이유로 단죄되면서 생명이 유지되었던 것과 마찬가지로 이제는 단숨에 수사학은 방면되고 해방됨과 동시에 죽음을 맞이하게 될 것이다. (p. 79)

이 두번째 위기 이후 수사학은 그 죽음으로 끝나게 되는 세번째 시기에 돌입하게 된다("19세기 이후로 더 이상 수사학은 존재하지 않는다"). 그러나 흥미롭게도 수사학은 죽었으되 완전히 매장된 것은 아닌데 왜냐하면 "약 20년 전부터 유럽 국가들에서 수사학 연구의 부활"을 목도할 수 있으며 이러한 부활은 '네번째 수사적 시기,' 즉 신수사학의 가능성을 짐작하게 하기 때문이다.

토도로프는 바로 이런 관점에서 뒤마르세에서 퐁타니에에 이르는 프랑스 고전주의 수사학을 검토하는 것이 매우 유익한 작업이라고 밝히고 있는데 왜냐하면 "고전주의 수사학은 그것이 사라지기 이전에 그에 앞선 수사학과는 비견되지 않을 최후의 노력을 통해, 그리고 마치 임박한 죽음과 싸우려는 듯이 그 섬세성이 견줄 데 없는 일련의 성찰들을 낳았기" 때문이다. 이러한 성찰들은 문채를 그 대상으로 한다는 점에서 고전주의 수사학은 문채에 대한 이론으로 '줄어들고' 그것으로 '환원된다'. 토도로프는 이렇게 프랑스 고전주의 수사학을 줄어든 수사학의 중요한 단계로 파악하면서 한 세기 동안(1730~1830), 세 세대를 거쳐(뒤마르세; 보제; 퐁타니에) 펼쳐진 '수사학의 랩소디'를 검토하고 이 '백조의 노래'가 지닌 이론적이고 역사적인 의미를 해명할 것을 수사학의 역사와 관련된 중요한 과제로 파악한다.

이렇듯 토도로프는 '줄어든 수사학'이라는 표현을 직접적으로 사용하고 있지는 않지만, 수사학의 역사를 흥망성쇠의 과정에 따라 탄생―성장―쇠퇴―사멸―부활의 이론적 모델로 명시화했다는 점, 그리고 이러한 쇠퇴와 죽음의 직접적인 원인을 수사학의 대상이 담론에서 문채로 환원되었다는 사실에서 찾았다는 점, 그리고 주네트와 마찬가지로 뒤마르세와 퐁타니에로 대표되는 프랑스 고전주의 수사학을 이러한 줄어드는 또는 쇠퇴해가는 수사학의 중요한 단계로 파악하고 있다는 점에서 '줄어든 수사학'의 테제의 또 다른 중요한 이론적 변형으로 간주할 수 있다.

2) 고전 수사학은 줄어든 수사학인가?

줄어든 수사학의 테제를 재검토하기 전에 주네트가 이러한 테제를 제시하는 방식, 즉 수사학을 구성하는 단계들을 고정시키고 각 단계의 대표적 이론가들을 특징짓는 방식을 지적해보는 것은 매우 흥미로운 일이다. 그는 이러한 테제의 절대적 '확실성'을 반영이라도 하려는 듯 '최상급'의 표현을 자주 사용하고 있다: "프랑스 수사학을 가장 잘 대변하는" "프랑스 수사학 전체에서 가장 중요한 기념비" "프랑스 수사학 가운데 가장 위대한 고전" "19세기에 가장 유명하며, 틀림없이 가장 널리 보급된 개론서" 등등. 그가 뒤마르세와 퐁타니에를 프랑스 수사학의 가장 두드러진 이론가들로 간주할 때 그의 태도는 '거의' 단정적이다. 여기서 '거의'라는 부사를 사용한 것은 그가 이른바 '역사적 탐색enquête historique'이라고 부를 수 있는 작업의 필요성을 역설하면서 자신의 단호한 입장에 일종의 유보의 뜻을 비추고 있기 때문이다.

    대범한 것 이상의 이러한 관점(줄어든 수사학의 관점)을 상술하고 수정하기 위해서는, 적어도 우리의 능력을 능가하는 것 같은, 그러나 롤랑 바르트가 고등연구실천학교의 세미나에서 그 개략을 그려본 바 있는, 그 같은 엄청난 역사적 탐색을 해야 할 것이다. (「줄어드는 수사학」, p. 119)

콜레주 드 프랑스Collège de France에서 '수사학의 역사'에 관한 강의를 담당하고 있는 마르크 퓌마롤리 M. Fumaroli의 말을 빌리면 프랑스에서는 아직도 그 정당성이나 가능성을 충분히 보장받고 있지 못한 학문인 이른바 '수사학의 역사'의 방법론적 근거를 이루어야 할 이러한 역사적 탐색의 과제를 요약해서 말한다면 수사학의 과거를 가능한 한 객관적으로 재구성하는 것, 그러기 위해 흔히 통상적으로 받아들여지고 있는 수사적 전통을 '해체하는 것,' 그리고 수사학과는 이질적이고 때로는 적대적이기까지 한 다양한 여러 요소들을 결집시키는 것이라고 할 수 있다.
    그러나 주네트가 염원했던 이러한 광범위한 역사적 탐색은 그 자신에 의해서는 결코 실현되지 못하며 훗날 '언어학 또는 수사학의 역사'라는 이름으로 수행된다. 흥미로운 사실은 이른바 '18세기 프랑스에서의 줄어든 수사학'의 테제는 역사적 탐색에 의거해 수사학의 역사를 천착하는 이론가들에 의해 비판되며 부정되기까지 한다는 점이다. 우리는 여기서 주로 17,8세기 수사학의 역사에 관해 작업했던 수블랭 F. D. Soublin의 논의를 토대로 주네트의 테제를 비판해보고자 한다. 그러한 비판의 요지는 수블랭의 다음 명제 속에 잘 드러나 있다.

1970년대에는 아마도 고무적이었을 이러한 줄어든 수사학의 테제는 오늘날 프랑스에서 수사학의 역사를 인식함에 있어 인식론적 방해물을 이룬다.[59]

즉 수블랭에 따르면 프랑스의 수사학은 그 역사의 본질적이고 상징적인 순간들을 구성하는 두 시기인 1598년과 1885년[60]에 이르는 기간 동안 결코 줄어들지 않았으며 그 결과 이 두 시기 사이의 한가운데에 놓인 18세기는 프랑스 수사학의 이 긴 역사 동안 결코 유효한 단절을 이루지 않는다는 것

---

59) "Non, la rhétorique française, au XVIIIe siècle, n'est pas restreinte, *HEL* 12, 1990, p. 123.

60) 이는 각각 낭트 칙령에 동반된 교육 개혁으로 인해 구교식 수사학이 교육에 도입된 해와 쥘 페리Jules Ferry의 개혁으로 신교나 구교 양측 모두의 수사학이 교육 프로그램에서 폐지된 해를 가리킨다.

이다.

그러므로 줄어든 수사학에 관한 테제의 본질을 재검토하기 위해서는 다음과 같은 핵심적인 질문을 제기해볼 필요가 있다 : "17세기와 18세기의 수사학의 전개는 그 영역의 환원 또는 축소의 움직임으로 해석될 수 있는가?" 이러한 질문에 대답하기 위해서는 반드시 요구되는 역사적 탐색은 두 가지 방향에서 이루어질 수 있다: 양적 측면과 질적 측면. 우선 관찰의 대상을 프랑스 고전주의 수사학에 국한시켜 양적 측면에서 17세기에서 18세기에 이르는 동안 수사학 개론서에서 전의들이 차지하는 몫이 변화하는 방식을 관찰해볼 수 있다. 그런데 양적 측면에서의 역사적 탐색을 통해 보면 주네트가 확언하고 있는 것과는 정반대로 전의들의 몫이 이 기간 동안 줄곧 일정 부분을 유지했음을 알 수 있다. 실제로 18세기에는 지베르 Gibert나(*La Rhétorique ou les Règles de l'Eloquence*, 1730) 크르비에 Crevier의 수사학(*Rhétorique française*, 1756)이 보여주듯이 주네트가 말하는 이른바 축소 지향의 움직임을 보여주고 있지 않은 많은 수사학 개론서들을 발견할 수 있다. 그러므로 문제는 17세기와 18세기에 걸쳐 나타난 수많은 수사학 개론서들 가운데 어떤 것을 그 대상으로 선택하여 작업하는가의 문제, 즉 전거가 되는 대상들의 선택의 문제이다. 이렇게 문제를 '선택'의 차원에만 두게 되면 한편으로 주네트 자신처럼 뒤마르세나 퐁타니에의 수사학에 근거하여 작업하는 방식과 또는 예를 들어 키베디-바르가처럼[61] 바리 Barry나 크르비에의 수사학에 초점을 맞추어 작업하는 방식 모두가 나름대로의 정당성을 가지게 된다. 그러므로 역사적 탐색을 양적 측면이 아닌 질적 측면에서 진행시켜볼 필요가 생겨나며 예를 들어 이 시기의 수사학 가운데 가장 생동감 넘치고 생산적인 부분은 무엇이었던가라고 자문해보아야 한다. 참고로 주네트는 이와 관련해 다음과 같이 말한 바 있다.

　　이 시기에 표현술에 할애된 부분은 비록 가장 큰 부분은 아니지만 고대의 모델들과 비교해볼 때 이미 가장 생동감 넘치고 독창적인, 그러므로 가장 생산적인 부분이었다. (「줄어드는 수사학」, p. 119)

그런데 주네트 자신도 그 필요성을 인정한 바 있는 역사적 탐색을 통해 보면 그가 규정하고 있는 것과는 정반대의 결과에 이르게 된다. 즉 18세기 프랑스의 수사학 개론서에서 "고대에는 알려지지 않았던 새로운 개념들을 제시하고 논쟁으로 고무된 생동감 넘치는" 부분들은 표현술이 아니라 연기술이나 논거발견술에 관련된 부분이었다.

---

61) A. Kibédi-Varga, *Rhétorique et littérature*, Didier, 1970.

이렇게 언뜻 살펴보기만 해도 표현술이나 전의들에 관련된 부분은 눈에 띄게 증가하지 않았음을 이해할 수 있다. 즉 그것들이 증가하기 위해서는 다른 것들이 줄어들어야 하는데 논거발견술에서는 정념이 논거배열술에서는 초안이 표현술에서는 문체들이, 문체들 가운데서는 구문상의 문체들이 서로 경쟁하듯이 생동감에 넘쳤다.[62]

18세기에 프랑스 수사학이 줄어들지 않았다면 뒤마르세와 퐁타니에의 경우는 어떠한가. 즉 이러한 역사적 탐색을 프랑스 수사학 전체에서 주네트가 말하는 프랑스 수사학의 두 명의 위대한 대변자들로 범위를 좁히면 어떻게 될 것인가. 이 문제를 뒤마르세에 국한시켜 살펴본다고 할 경우 우선적으로 성찰해야 할 것은 주네트가 말하는 바 뒤마르세 '수사학'의 두 가지 본질적인 특성, 즉 그 '줄어듦'과 '대표성'이다. '뒤마르세는 전의로 줄어든 18세기 프랑스 수사학의 대표자'라는 테제를 효과적으로 논박하기 위해서는 뒤마르세가 수행한 작업 전체를 재구성해야 할 필요가 있으며 이는 다음과 같은 사실들을 우선적으로 고려해야 한다.

---

62) "Non, la rhétorique française, au XVIIIᵉ siècle, n'est pas restreinte," *op. cit.*, p. 130.

(1) 우선 뒤마르세 저작 전체를 고려해야 할 필요성; 전의로의 환원이라는 테제는 뒤마르세가 『전의론』뿐만 아니라 백과사전 Encyclopédie의 '문채'란의 집필자였음을 아주 간단히 망각하고 있다는 데 기인한다. 그런데 뒤마르세는 '문채' 항목에서 전의들 즉 의미의 문채들을 망라하는 문채의 영역 전체를 다루고 있다.

(2) 뒤마르세의 독창성은 전의들에 관한 논의가 아닌 '구문상의 문채들'——이는 그에게 가장 뛰어난 '전의가 아닌 문채들'로 간주되는데——에 관한 논의에 있다. 실제로 18세기에는 '구문상의 문채들'을 둘러싼 문법학자(뒤마르세나 보제)와 수사학자(바퇴 Batteux)들간의 중요한 논쟁이 있었다.

(3) 이러한 테제는 그의 『전의론』만 놓고 살펴보더라도 결코 정당화될 수 없다. 즉 뒤마르세는 주네트가 말한 것과는 정반대로 '18세기에 있어 전의 개념의 확장'을 잘 대변하는데 여기서 그는 예외적으로 30개에 달하는 매우 광범위한 목록을 제시한다. 다시 말해서 뒤마르세가 제시한 30여 개에 달하는 전의들의 목록은 그때까지 통상적으로 전의들로 분류되었던 13개의 목록을 크게 뛰어넘으며 이러한 분류의 방대함은 뒤마르세 이후에 보제가 전의들의 숫자를 은유-환유-제유의 세 개로 축소하여 제시하였다는 사실과 비교해 보면 매우 두드러지게 나타난다. 그렇기 때문에 흔히 각각 '사유의 문채'나 '문체에 속하는 문채'로 분류되는 알레고리

나 활사법(活寫法) hypotypose이 뒤마르세에게는 전의로 관찰되는 예외적인 현상이 생겨나는 것이다.

(4) 뒤마르세의 작품을 둘러싸고 있는 역사적인 문맥을 통해 살펴보더라도 『전의론』이 전폭적인 관심을 끌었다는 사실은 정당화될 수 없다. 실제로 그 책은 1730년에 출간되었을 때 성공을 거두지 못했으며 대중의 관심을 끈 것은 18세기말경, 즉 1797년 이후에서였다. 이러한 역사적 문맥을 통한 고찰은 주네트가 뒤마르세에게서 보았던 '대표성'이란 재고되고 수정될 필요가 있음을 시사해준다.

이 같은 분석들을 종합해보면 18세기와 19세기 프랑스에 있어 수사학의 역사는 과연 주네트와 같은 현대의 신수사학자들이 상정한 것처럼 '일직선상의 전개'에 기초한 단순화되고 단선적인 모델로 기술될 수 있는가라는 의문이 제기될 수 있다. 즉 수사학의 역사적 전개는 우리가 흔히 '수사적 전통'이라는 총칭적인 이름으로 통합시켜버리는 경향이 있는 서로 다른, 심지어는 이질적인 요소들을 포함하고 있으며 이러한 요소들에 대한 탐구는 주네트나 토도로프가 제시한 것과는 다른 성격을 지닌 이론적 모델에 따라 이루어져야 하는 것은 아닌가라는 점이다. 여기서 우리는 한걸음 더 나아가 줄어든 수사학의 테제의 이론적 근거가 혹시 '역사적 허구'에 근거하고 있는 것은 아닌가라고 자문해볼 수 있다. 즉 주네트나 토도로프 같은 신수사학을 대표하는 이론가들의 주장을 자세히 들여다보면 그들이 제시하고 있는 이른바 줄어든 수사학의 테제 속에는 '허구로서의 역사'의 관념이 내재해 있는 것은 아닌가라는 의문에 도달하게 된다. 실제로 토도로프는 수사학의 역사를 다루고 있는 『상징이론』의 도입부에서 다음과 같이 언급하고 있다.

여기서 다루려고 하는 이론들의 다양성으로 인해 이 작업은 역사적 성격을 지닌다. 만약 모든 역사가 일종의 허구적 역사이며 그 점에 있어 내 감정이 모든 역사가의 내적 확신과 부합된다고 생각했다면 나는 내 작업을 허구적 역사라고 명명했을 것이다. 즉 역사적 사실은 언뜻 보기에는 주어지는 것처럼 보이지만 실제로는 구축되는 것이다. (p. 11)

이렇게 "구축된 허구적 역사"를 "편견 없이 재구성된 역사"에 대립시킨 다음 토도로프는 당연하게도 다음과 같이 말하고 있다 : "나는 스스로를 공평한 역사가로 생각하지 않는다는 점을 덧붙여야겠다." 이러한 측면에서 본다면 지금까지 제시된 수사학의 역사를 바라보는 두 가지 관점들은 역사 그 자체를 바라보는 두 가지 관점들간의 차이로 설명될 수 있을 것이다. 우선 주네트나 토도로프 같은 신수사학자들에 있어 역사적 서술은 일종의 '허구로서의 이야기'로 간주되고 있으

며 (언어)사상사적 관점에 기대어 있는 수블랭이나 퓌마롤리
의 경우 역사적 서술은 '엄밀한 역사적 서술'이라고 부를 수
있는 것에 기초해 있다. 그러므로 줄어든 수사학의 테제가
보다 엄밀한 역사적 서술의 태도에서 볼 때 반박되고 부정되
기까지 한다는 것은 매우 당연한 일이라고 할 수 있다. 문제
는 수사학의 역사를 바라보는 이 두 가지 관점들 가운데 어
느 것이 옳고 그른가를 따지기보다는 차라리 몇몇 신수사학
이론가들로 하여금 "결코 존재하지 않았던" 역사를 '꾸며내
게' 한 깊은 동기를 조명하고 이러한 '허구적인' 또는 '그릇
된' 역사의 의미에 대해 자문해보는 일이며 그런 관점에서
자세한 분석을 시도해볼 수 있으나[63] 여기서는 다음과 같은
두 가지 지적으로 만족하고자 한다.

  (1) 첫번째 지적: 줄어든 수사학에 관한 주네트의 논문을
자세히 검토해보면 그것이 다루는 대상이 그 기원에서 오늘
날에 이르기까지 수사학의 역사 전체가 아니라 그 일부분인
"고전주의 수사학에서 현대의 신수사학으로의 이동을 나타
내는 (축소 지향의 움직임의) 마지막 단계"임을 알 수 있다.
아닌게아니라 이 논문의 첫 부분은 1969~1970년에 두드러

---

63) 이에 대해서는 졸고, 「수사학의 역사를 바라보는 두 가지 눈—수사
   학과 신수사학의 관계 정립을 위하여」, 『불어불문학연구』 제36집
   (1998)을 참조할 것.

지게 나타난 이른바 "일반화된 수사학"을 아리스토텔레스의 수사학에 대립시키고 있다. 즉 줄어든 수사학의 테제의 논의의 출발점에는 단지 수사학의 두 단계들만이 구별되어 있다: 그 목표(지향점)나 적용 영역에 있어 서로 구분되는 초기의 수사학(아리스토텔레스의 수사학)과 현재의 수사학(야콥슨이나 그룹 뮈의 문채의 수사학). 그러므로 주네트의 애초의 논의에는 고대의 수사학과 현대의 신수사학 사이에 위치해서 이 두 수사학들간의 교량 역할을 해주는 '중간 부분'이 결핍되어 있었다. 그런데 논의의 일관성을 유지하기 위해서는 결핍된 이 '중간 부분'은 '처음'과 비교해서는 줄어들어야 하며 (담론의 다섯 가지 부분들⇒그 단 한가지 부분 즉 표현술) 동시에 그 "끝"과 비교해서는 확장된 상태를 유지해야 (표현술⇒문채들의 기술⇒전의들의 기술⇒세 가지 전의들, 즉 은유·환유·제유⇒두 가지 전의들, 즉 은유와 환유⇒단 한가지 전의 즉 은유) 한다. 주네트는 이렇듯 뒤마르세에서 퐁타니에 이르는 고전 수사학을 그 구체적인 역사적 현실에 대한 고려 없이 '선험적으로' 줄어든 것으로 간주하는데 그 주된 이유는 그가 고전 수사학을 그것보다 더 줄어든 현대의 신수사학에 결부시키고자 하기 때문이다. 그는 이를 위해 고대의 수사학에서 고전주의 수사학을 거쳐 현대의 신수사학에 이르는 수사학의 역사에 대한 일종의 '일직선적인' 모델을 '만들어낸다.'

(2) 두번째 지적: 전통 수사학에 접근하는 두 가지 가능한 방식을 '전통 수사학에 대한 가능한 한 객관적인 재구성의 작업'과 '전통 수사학의 몇몇 훌륭한 개념들을 현대적인 조명하에 재활용하는 작업'으로 나누어볼 수 있다면 이 두 가지 방식들은 원칙적으로 시간적으로나 논리적인 순서에 있어 분리되어 있어야 마땅하다. 전통 수사학에 속하는 대상을 다루는 원리가 이러하다면 줄어든 수사학의 테제는 이 두 가지 작업 방식들을 단 하나의 방식으로 환원시킴으로써 생겨난 것이 아닌가라고 자문해볼 수 있다. 즉 전통 수사학 특히 고전 수사학의 몇몇 훌륭한 개념들——문채·문체·일탈 등과 같은——을 재활용하려는 강한 욕구나 의지가 지나치게 앞선 나머지 올바른 재구성의 작업을 방해한 것은 아닌가라는 점이다. 이런 관점에서 볼 때 수사학과 관련된 주네트의 작업 방식은 일종의 '재활용의 목표를 지닌 재구성의 작업' 또는 '재구성에 대한 최소한의 배려도 배제된 재활용 작업'이라고 볼 수 있다. 그에게 있어 본질적인 점은 전통 수사학의 몇몇 개념들을 또 다른 새로운 목표에 적합하게 하기 위한 재활용의 작업이라고 할 수 있다.

Ⅲ. 현대의 수사학 또는 신수사학

앞서 언급했듯이 사상사적 관점에서 볼 때 쇠퇴 일로에 있던 수사학에 결정적인 타격을 가한 것은 바로 낭만주의 미학

이라고 할 수 있다. 즉 토도로프의 말대로 수사학의 규칙들
이 낭만주의 미학으로 대체됨으로써 수사학은 죽음에 이르
는 '동면기'에 접어든다. 토도로프는 '수사학의 종말'의 원
인을 분석하는 자리에서 수사학의 기본적 전제들이 어떤 점
에서 낭만주의 미학과 배치되는가를 다음과 같이 설명하고
있다.

문채를 일탈로 정의한다는 것은 기표의 차원에서는 표현의
간접적이며 일반적이지 않은 방식들에 의거한 일탈을 의미하
며 기의의 차원에서는 사고와 대비된 감정의 일탈을 뜻한다.
그러나 문채를 일탈로 이해하는 것은 사람들이 그 규범의 존재
나 일반적이며 절대적인 이상의 존재를 믿는다는 것을 의미한
다. 각 개인이 스스로의 규범을 구축하고 있는 것으로 간주되
고 있는 신이 없는 세계에서는 이미 일탈된 표현에 대해서 고
찰할 장소 따위는 존재하지 않는다. 즉 평등성이라는 것이, 인
간 사이와 마찬가지로, 문장 사이도 지배한다.[64]

바로 그러한 맥락에서 프랑스의 대표적인 낭만주의 시인
이었던 위고는 평등의 기치 아래 '수사학에는 전쟁을, 문장
에는 평화를'이라는 구호를 내세우며 수사학에 대한 선전 포

---

64) T. Todorov, *Théories du symbole, op. cit.* p. 138.

고를 단행했던 것이다.

이제 수사학은 모든 담론의 기술이 아니라 선조적이고 논리적인 담론의 기술로만 간주된다. 즉 수사학이란 낭만주의가 추구하고자 하는 낭만적 감정이나 정념들을 고려할 수 없는 기술로 치부된 것이다. 정작 수사학은 논리적인 논증만큼이나 정념을 통한 설득의 중요성을 강조한 바 있다는 사실을 고려해보면 수사학에 대한 낭만주의자들의 이러한 비판은 설득력이 떨어지는 것이 아닌가라는 의구심이 생기기도 한다. 그러나 이는 낭만주의에 선행된 문예 사조인 고전주의에서 수사학이 정념을 어떻게 처리했는가를 살펴보면 충분히 이해할 수 있다. 즉 고전주의 시대에서 정념은 형식적이고 논리적인 범주 속에서 분류되었으며 매우 애매모호한 지위를 지닐 수밖에 없었다. 다시 말해서 그 시기에 지배적이었던 육체와 이성의 환원될 수 없는 이분법으로 인해 정념은—그 시기에 흔히 말해지던 대로 영혼의 비합리적인 부분에서만 형성되는—그 올바른 지위를 지닐 수 없었다. 그 결과 고전주의 수사학은 정념들을 '표현하는' 기술이 아니라 키베디-바르가의 말을 빌리자면 그것들을 '관리하는' 기술로 간주될 수 있으며 수사학에 대한 낭만주의의 적대적 감정의 표현은 바로 이런 측면에서 이해해볼 수 있다.

또한 수사학의 바탕을 이루는 미학은 일종의 '규범적' 미학의 성격을 지니고 있기 때문에 그것이 작품에 적용하고자 했던 기준들은 작품과는 독립된, 외적 기준들이라고 할 수 있다. 그런데 이러한 '선험적인' 기준들을 정립하고자 했던 수사학은 미적 기준이 내면화되고 오직 영혼 속에서만 생겨난다고 믿은 낭만주의 시대에서는 공격당할 수밖에는 없었다. 오늘날 수사학이라는 용어의 부정적이고 가치 폄하적인 관념——찬미적인 화려한 연설은 실제의 사실이나 화자의 견해를 반영하지 않는, 단순한 겉치레이며 공허한 수사라는——뒤에는 말하고 쓰는 것에 관한 효율적 규범의 존재를 부정적으로 간주했던 낭만주의로 거슬러 올라가는 인식이 존재하는 듯이 보인다.

낭만주의 미학의 선전포고로 인해 '잠복기'에 들어갈 수밖에 없었던 수사학은 서서히 깨어나서——폴 발레리 Paul Valéry나 장 폴랑 Jean Paulhan은 누구보다도 더 일찍 수사학의 이러한 부활을 예견하고 촉구한 인물들일 것이다——20세기 중반 이후로는 활발한 논의의 대상으로 부각되며 여러 분야에서 수사학에 대한 새로운 관념 표명이 생겨나기 시작한다. 바르트가 1964~65년 사회과학대학원 Ecole pratique des hautes études에서 '옛날의 수사학'이라는 주제로 세미나를 열었을 때 그가 한 발언은 매우 의미심장하다.

'옛날의'란 오늘날 새로운 수사학이 존재함을 뜻하지 않는다. '옛날의' 수사학은 차라리 아직까지 성취되지 않은 이 '새로운'에 대립된다. 세계는 믿을 수 없을 정도로 옛날의 수사학으로 가득 차 있다. (「옛날의 수사학」, p. 17)

그렇다면 현대에 들어 수사학이 이렇게 재평가되는 근본적인 동기들은 무엇일까. 수사적 활동에 다소간 유리한 사회-정치적 상황이나 시기가 역사상 존재하기라도 하는가. 우리는 수사학의 '현대성 modernité'을 대략 다음 세 가지 측면에서 지적해보고자 한다.

(1) '대중 사회의 출현': 낭만주의가 도래하기 이전의 사회에 있어 문학적 메시지 또는 간단히 말해서 글로 씌어진 메시지의 수신자는 익명의 상태가 아니었다. 작가는 어떤 대중에게 글을 쓰는가를 대략 짐작하고 있었다. 즉 눈에 보이며, 쉽게 그 실체를 확인해볼 수 있는, 이른바 '파트롱 patron'이라고 불리는 계층의 존재는 수사적 의사 소통의 관계를 보다 용이하게 해주었다. 그러나 18세기 이후로 교육과 문화적 교양의 민주적 확산으로 인해 보다 다양하고 복합적인 대중이 출현하게 되었고 작가는 이러한 대중에 직면해서 그 행동 노선을 결정하지 못하는 상황에 이르렀다. 즉 저속한 것을 경멸함으로써 이른바 상아탑 속에 안주하든 아니면 가장 내밀한 감정들을 표현할 수 있는 말들을 발견하지 못한

다고 생각하든 작가들은 '분리'와 '소외'의 현상에 직면하게 되었던 것이다. 대중은 눈에 보이지 않는 존재가 되었으며 낭만적 개인주의는 이러한 사태를 반영한 것이다. 그러나 20 세기 중반 이후로 이러한 대중의 지위와 성격이 다시금 분명히 드러나게 되었다. 이는 이전의 고급 사회와는 구분되는 균등화되고 광범위한 대중이며 상업적이며 이데올로기적인 충동으로 인해 집단화될 수 있는 대중으로서 다수의 일반적인 견해나 상식에 기초하고 있는 수사학이 개입할 수 있는 여지가 더 넓어진 것으로 해석할 수 있다.

(2) '의사 소통의 중요성': 수사학은 점점 더 의사 소통의 영역이 확대되고 그 중요성이 강조되는 시대에 표현의 능력을 길러준다는 측면이 있으며 담론이 어떻게 만들어지는가를 보여줌으로써 상대방의 담론을 비판적으로 해석해주는 데 필요불가결한 요소를 제시해준다. 즉 하나의 메시지가 문체나 논증 그리고 구조의 관점에서 어떻게 만들어지는가를 배움으로써 그 의미를 포착하게 해준다는 것이다.

(3) '이데올로기의 붕괴 및 권위의 해체': 수사학은 이데올로기가 붕괴되고 그럼으로써 이전에는 확신의 대상이었던 것이 또다시 문제시되고 토론에 부쳐질 때 항상 부활한다. 역사적으로 수사학이 가장 활발하게 논의되었던 시기들이 아테네 민주주의나 이탈리아 르네상스 시기들이라는 사실은 이를 웅변적으로 말해준다. 즉 이전의 도식들이 흔들리고 새

로운 도식들이 이제 막 윤곽을 잡기 시작하는 이러한 매개적인 순간에 자유로운 토론과 자유는 그 권리를 되찾게 된다.

20세기 중반 이후로 수사학은 실로 다양한 관점에서 연구되기 시작하는데 이는 비슷한 시기에 이루어진 인문과학의 방법론적 쇄신과 긴밀하게 연결되어 있다. 우리는 수사학의 쇄신된 모습, 이른바 신수사학의 양상들을 다음과 같이 네 가지 범주들로 나누어 간략하게 살펴보고자 한다: 수사학과 논증, 수사학과 문체론, 수사학과 시학, 수사학과 문채 연구. 위의 구분은 물론 신수사학의 다양한 양상들 전부를 포괄하지는 못하지만 현대의 수사학이 이전의 수사학과 구분되는 몇 가지 변별적 특징들을 보여주고 있다.

(1) 수사학은 전통적으로 항상 인접 학문들과의 구조적인 작용을 통해 파악되어왔다. 그 가장 대표적인 예가 중세의 3학문 또는 7학문의 체계라고 할 수 있다. 즉 중세의 사유 속에서는 수사학 그 자체가 아니라 문법과 논리학이 이루는 체계 속에서의 작용이 중요하다는 것이다. 또한 문학에 대한 사유와 관련하여서도 수사학은 시학과 밀접한 연관 관계를 지니면서 그 영역을 축소하거나 확장시켜왔다. 마찬가지로 현대의 수사학에서도 수사학은 문체론·시학·언어학·철학·문학 비평·논리학 등 인문과학의 제반 학문들과의 구

조적인 작용을 통해서 다루고자 하는 대상과 그것을 다루는 관점의 쇄신을 기할 수 있었다.

(2) 현대의 수사학이 다루는 영역은 고대의 수사학에 비해 훨씬 확장되었다. 즉 고대의 수사학에서 말하는 세가지 장르들(재판적 장르/토론적 장르/첨언적 장르)에 국한되지 않고 광고를 비롯한 모든 형태의 설득적 담론뿐 아니라 시와 같은 비설득적 담론으로까지 그 영역이 확대되었다. 야콥슨이 은유와 환유의 대립성을 언어적인 것에서 기호 일반의 영역으로 확장시키고 미술·영화 등에 적용시키고자 한 것은 그 대표적인 시도라고 할 수 있다. 현대의 수사학은 그런 의미에서 일종의 범수사학이다.

(3) 현대의 수사학은 서로 뚜렷이 구분되는 연구들로 분열되어 있는 수사학이다. 즉 그 대상뿐만 아니라 수사학이라는 용어에 대한 정의에 있어서도 서로 구분되고 심지어는 대립되기까지 한 경향들이 서로 융화되지 못한 채 흩어져 있는 것이다. 우리가 '수사학과 논증'이라고 명명한 시도가 주로 수사적 기술의 첫 부분인 논거발견술을 현대적 의미에서 재해석하려는 시도라면 나머지는 표현술에 관한 해석을 그 목표로 하고 있다. 즉 현대의 수사학은 엄밀한 의미에서 '줄어든'—논거발견술 또는 표현술로—수사학이며 논거발견술에서 논거배열술을 거쳐 표현술에 이르는 수사적 기술의 복원 및 통합적인 재해석은 현대의 수사학에 남겨진 중요한 과

제라고 할 수 있다.

1) 수사학과 논증

수사학의 중요한 목표들 가운데 하나였던 논증 또는 논증을 통한 설득이라는 문제를 현대적인 관점에서 재해석하고 이른바 수사적 논증을 수사학의 중요한 테마로 재부각시킨 것은 주로 브뤼셀 대학의 법철학 교수인 카임 페렐만Chaïm Perelman의 작업을 통해서이다. 애초에 페렐만의 관심사는 독일의 논리학자인 프레게Frege의 영향 아래 가치 판단의 논리학을 주창했던 신형식논리학에서 제시된 방법론을 담론의 영역에 적용하는 것이었다. 그가 이러한 작업의 연장선상에서 수사학을 어떻게 발견하게 되었는가를 들어보기로 하자.

1947년부터 행해진 가치 판단의 논리학을 정립하고자 하는 시도는 다양한 텍스트들, 즉 철학 개론서, 정치학 논문, 윤리나 미학 작품들에 대한 분석과 더불어 시작되었다. 이 년 간의 노력 끝에 그러한 시도는 가치 판단의 특수한 논리란 존재하지 않으며 우리가 검토한 분야 즉 서로 대립되는 의견들의 충돌이 문제시되는 분야에서는 토론을 하고 논의를 할 때 논증의 기술들에 의거한다는 뜻밖의 결론에 도달하게 되었다. 이러한 기술들은 설득을 그 목표로 하는 담론에 관심을 기울이면서 『수사학』『변증법』『토피크』 등과 같은 제목의 책들을 발간했던 모든 사람들에 의해 고대로부터 분석되어 왔다.[65)

  즉 페렐만은 형식논리학이 모든 논의란 청중을 그 조건으로 해서 전개되게 마련이며 그 심리적인 조건들과 사회적인 조건들을 반드시 고려해야 한다는 점을 무시한 채 모든 상황으로부터 독립된 자명한 진리를 추구하고 있다고 비난한다. 페렐만은 이러한 형식논리학에 인간적인 요소들을 불어넣음으로써 이른바 '수사적' 논리학을 지향한다. 바로 이러한 수사적 논리학을 이루는 논증의 기술들을 분석하기 위해 페렐만은 고대의 지적 유산, 특히 그 가운데서도 아리스토텔레스의 『수사학』에 주목하게 된다.

  페렐만은 담론에서 표출되는 바 자연적인 논증과 엄밀한 의미에서의 논리적인 판단을 서로 대비시키면서 아리스토텔레스의 영향 아래 증명과 설득을 서로 비교하고 구분하기에 이른다. 즉 논증은 상당 부분 논리적인 논거들에 의존하기는 하지만 청중이 담론에 동의하게 되는 것은 논거와는 무관한 메커니즘에 따라 이루어질 수도 있다는 것이다. 페렐만은 아리스토텔레스 수사학을 이루는 에토스/로고스/파토스의 체계를 재해석하면서 논거들을 구분하고자 하는데 이는 논증

---

  65) Ch. Perelman, *Logique juridique, Nouvelle Rhétorique*, Dalloz, 1972, p. 101.

의 논리적인 요소들과 비논리적인 요소들간의 이원론적 대립을 잘 보여준다.

또한 그는 문학 텍스트에서 판례집에 이르는 다양한 텍스트들에 대한 연구를 통하여 논증의 보편성을 입증하려고 했다. 그럼으로써 그는 수사적 논증이란 다양한 학문들의 관심사가 될 수 있음을 보여줌과 동시에 전통 수사학의 영역을 확장시키고자 한다. 즉 전통 수사학에서 규정되었던 것처럼 '다수의 불특정한' 청중들에게 건네지는 설득의 담론이라는 제한된 범위를 뛰어넘어 소수의 전문화된 청중에게 건네지는 담론 즉 기술적이고 과학적인 담론까지를 모두 포함하는, 이른바 설득을 그 목표로 하는 담론 일체를 수사학의 대상으로 삼고자 한다.

새로운 수사학(또는 새로운 변증법)으로 간주되는 논증 이론은 '담론이 건네지는 청중의 성격에 관계없이' '담론의 대상이 되는 재료가 무엇이건간에,' 설득하거나 납득시키려고 하는 담론의 전 영역을 포괄한다.[66]

논증의 이러한 보편성은 현대 과학의 인식론적 지위에 관한 규명으로까지 나아간다.

---

66) *L'Empire de rhétorique*, Vrin, 1979, p. 19.

모든 과학은 심오해지기 위해서는 당연히 경험의 차원을 뛰어넘기는 해도 그 자체로 명증하거나 절대로 오류에 빠질 수 없는 것은 아니며, 단지 인간적인 가설에 불과하다는 생각은 칼 포퍼가 훌륭하게 입증한 바 있는 현대적 인식이다. 과학의 지위는 더 이상 비개인적인 것이 아닌데 그 이유는 모든 과학적 사유는 토론과 논쟁의 여지가 있는, 오류에 빠질 수 있는 인간적인 사유이기 때문이다.[67)]

　　페렐만은 과학 정신의 이러한 발전과 더불어 철학적 사유 또한 근본적이고 자명한 진리의 존재를 상정하고 추구했던 고전적인 형이상학의 태도로부터 벗어나야 한다고 주장한다. 왜냐하면 철학적 사유란 페렐만이 보기에는 서로 모순의 상태에 놓여 있는 인간들이 합리적이고 보다 완벽한 체계를 만들어내려고 노력하는 과정에서 생겨난 수사적 논증의 한 양상이기 때문이다.

　　이렇듯 페렐만의 신수사학은 과학적 증명과 구분되는 수사적 논증을 그 중심축으로 해서 "다양한 성격의 청중을 대상으로 지적이거나 정서적인 설득을 유발해내려고 하며, 비개인적인 유효성을 주장하지 않는 모든 담론"을 그 주요한

---

67) *Ibid.*, pp. 174~75.

분석 대상으로 삼으며 철학·논리학·인식론 등의 여러 학문들과 겹쳐진다.

그러나 논증에 대한 각별한 관심은 수사학의 다섯 부분들 가운데 논거발견술만을 다루는 결과에 이르게 되며 표현술은 거의 취급되지 않거나 논거발견술에 비해 가치 폄하되는 양상을 드러낸다. 표현술에 대한 재평가 작업은 이어서 살펴보게 될 문체론이나 시학의 관점이나 문채나 전의의 메커니즘에 대한 언어학적 접근 등을 통해 이루어진다.

2) 수사학과 문체론

문체론이란 비교적 최근에 생겨난 학문이지만 그것의 대상이라고 할 수 있는 '문체'란 이미 오래 전부터 수사학의 주된 관심사였다는 사실을 기억할 때 문체의 개념을 중심으로 문체론과 수사학의 연관성을 살펴볼 수 있다. 언어학자인 무냉은 바로 이런 관점에서 수사학과 문체론의 연속성을 지적하고 있다.

모든 문체론은 수사학에 이른다는 점을 지적하기로 하자. 문체론이 수사학이 되는 이유를 설명하지 못하는 이론은 문체의 비밀에 관한 진정한 근원에 도달하지 못할 것이다.[68]

---

68) G. Mounin, "Stylistique," *Clefs pour la linguistique*, Seghers, 1968, p. 172.

문체론을 수사학의 직접적인 계승자로 간주하는 시각에서
볼 때 문체론이 수사학이 교육과 학문의 영역에서 배제되고
도태되기 시작한 19세기말과 20세기초에 구성되었던 점은
매우 흥미로운 사실이라고 할 수 있다. 그러나 본격적인 문
체론에서 다루어지고 있는 문체에 대한 성찰은 고대 수사학
에서 형성된 '세 가지 문체들의 이론'과는 다른 성격을 지니
기 시작한다. 이를 크게 다음 두 가지 방향으로 구분해볼 수
있다.

  (1) 우선 문체에 대한 성찰은 '작문' 또는 '작법 art d'
écrire'의 이름으로 이루어진다. 즉 담론의 질에 대한 가치 평
가를 문체의 개념을 중심으로 제시하는 작업이 17세기 이후
로 행해지게 되는데 여기서는 담론이 어떻게 조직되는가(현
상적인 차원에서의 묘사)를 기술하는 데 머무르지 않고 담론
이 어떻게 구성되어야 '하는가'를 기술하는 것 (당위론적인
가치 판단)을 그 목표로 삼게 된다. 즉 담론에 대한 평가 및
가치판단——예를 들면 단어의 선택이나 문장의 구성에 있어
이것은 좋고 저것은 나쁘다는 식의——이 개입하게 되는 것이
다. 고전 작품에서 이끌어낸 예들에 근거하여 잘 쓰는 법에
대한 실제적인 충고와 지적을 목표로 한다는 점에서 이러한
성찰은 규범적이며 또한 교육적인 목적을 지닌다.

(2) 다른 한편으로 주로 19세기 이후로, 낭만주의의 영향 아래, 작가란 모방될 수 없는 각인과 개별적인 특성을 작품에 남김으로써 작품 속에 '표현된다'는 생각이 광범위하게 유포되기 시작한다. 문체란 바로 작가가 작품 속에 남겨놓은 이러한 '각인'을 의미한다. 그것은 작가가 지니고 있는 고유한 특성이며 여타의 다른 표현 방식들과는 구분되는 것으로서 독창적이고 개별적인 것을 지칭한다.

그러나 흥미롭게도 문체론을 과학적으로 정립했던 샤를 바이이 Charles Bally가 의도했던 문체론은 이러한 문체에 대한 두 가지 성찰에 대립된다. 이런 의미에서 본다면 무냉의 지적과는 달리 문체론은 그 최초의 공간에 있어서는 수사학에 대해 적대적이었다고 말할 수 있을 것이다. 즉 바이이의 문체론은 규범적이 아니라 현상을 있는 그대로 분석하고자 하는, 이른바 '기술적 descriptif' 경향을 지니며 문체에 대한 낭만주의적 인식에서 드러나듯이 작가나 문학을 그 대상으로 삼는 것이 아니라 모국어를 평범하게 사용하는 개인의 발화를 다루고자 한다. 언어란 관념들 '뿐만 아니라' 감정들을 표현한다는 생각에서 출발한 바이이는 감정들의 표현이 바로 문체론의 고유한 대상을 이룬다고 생각한다. 즉 똑같은 관념이라도 어휘나 통사의 선택에 따라서 다양한 감정의 편차를 드러내주며 이러한 다양한 편차를 가능하게 하는 언어적 방식들에 대한 연구가 문체론이 되는 것이다.

표현의 문체론은 그 정감적 내용의 관점에서 조직된 언어의 표현적 사실들, 다시 말해서 감수성이 언어를 통해 표현되는 양상과 언어의 사실들이 감수성에 미치는 작동을 연구한다.[69]

이와는 반대로 레오 스피처 Leo Spitzer는 텍스트의 문체론적 속성들과 작가의 '심리체 psyché' 간의 상관 관계를 정립하려고 함으로써 바이이와는 구분되는 문체론의 경향을 추구한다. 즉 그는 "문체는 곧 인간"이라는 생각의 연장선상에서 작품 속에 작가가 표현하는 세계관, 즉 그가 '정신적 근원'이라고 부르는 것을 찾아내려고 한다. 이를 위해 그가 동원하는 것은 바이이의 문체론과는 달리 언어학적 방법론이 아니라 일종의 문헌학적 또는 해석학적 방법론이다. 즉 스피처는 작품의 눈에 띄게 두드러진 세부적인 표현에서 작품 전체 그리고 나아가서는 작가의 심리체에 이르는, 이른바 부분과 전체의 순환 운동을 통해 문체를 찾으려고 한다. 그런 의미에서 스피처는 자신의 작업을 '문체론'이 아니라 '문체에 대한 연구'로 부른다.

바이이와 스피처로 대변되는 문체론과 관련된 상이한 두 가지 태도들은 오늘날 문체론이 부딪히고 있는 문제점과 복

---

69) Ch. Bally, *Traité de stylistique française*, Klincksieck, 1951, p. 16.

잡한 양상을 잘 드러내준다. 즉 서로 다른 명칭을 지닌 두 가지 경향들이 문체론 내부에 공존하고 있으며 어느 방향에 따라 작업을 진행시키는가에 따라 그 대상 및 분석 방법 그리고 결과가 상이하게 나타나게 된다: 언어학적 문체론/문학적 문체론; 표현의 문체론/발생론적 문체론.

3) 수사학과 시학

신수사학을 대표하는 이론가라고 할 수 있는 주네트는 고대 수사학의 코드를 있는 그대로 복원시키고 이를 현대 문학의 의미 체계에 적용시키는 것은 "비생산적인 시대착오"라고 말한다. 그 이유는 각각의 시대에는 그에 적합한, 나름대로의 수사적 코드가 있기 때문이다. 즉 이전에는 전통 수사학이 있었듯이, 현대에는 현대의 수사학이 있다는 것이다. 그렇기 때문에 수사학에 대한 주네트의 태도를 수사학 '그 자체'가 아니라 각각의 시대에 고유한 '개별적인' 수사학을 강조하는 "사회학적 역사성"에 역점을 두는 태도라고 할 수 있다. 바로 그런 이유 때문에 주네트에게는 과거의 수사학을 있는 그대로 제시하거나 탐구하려는 노력보다 이른바 '현대의' 수사학에 봉사하도록 하는 작업이 훨씬 더 가치 있는 일로 받아들여진다.

주네트가 말하는 신수사학은 시학이나 문학 비평 같은 학문들을 포괄하는 상당히 넓은 분야를 아우른다: "우리가 생각하는 비평은 적어도 부분적으로는 새로운 수사학과 같은 어떤 것일 것이다."[70]

이러한 새로운 수사학을 그는 '문채의 수사학'으로 규정짓는다. 그가 문채의 문제에 얼마나 집착하고 있는가는 그가 자신의 비평서들에 『문채 Figures』 I(1966), 『문채』 II(1969), 『문채』 III(1976) 등과 같은 제목들을 붙여주고 있다는 사실만 보아도 잘 알 수 있다.

그가 말하는 신수사학은 문학의 '문학성 littérarité'을 따지는 이른바 시학의 프로젝트와 밀접하게 연결되어 있으며 이는 6·70년대의 비평적 경향들이 대부분 그랬던 것처럼 언어학이라는 첨단과학의 도움을 받아 이루어진다: "이 새로운 수사학은 '있는 그대로의' 문학, 혹은 다시 한번 더 야콥슨의 말을 빌리자면 문학의 '문학성'에 대해 결정적인 말을 해줄 수 있는 유일한 학문임에 틀림없는 언어학의 자장 속에 편입된다." 그러므로 언어학과의 관계는 신수사학이 반드시 거쳐야 할 우회로로 간주된다.

또한 주네트는 '문채'라는 용어와 '텍스트'라는 용어를 서로 결합시킴으로써 문채의 수사학을 이른바 문학적 구조주의와 결부시킨다. 즉 "문학 작품의 전체 또는 그 일부분을 '텍스트'로, 다시 말해서 문채들의 '직물 tissu'로 간주하는

---

70) G. Genette, Figures II, Seuil, 1969, p. 16.

것"(p. 173)이다. 여기서 주네트는 텍스트를 구조주의에서 흔히 거론되듯이 그 어원적인 의미—직물·교직·망—로 이해하는데 텍스트는 바로 "직물들의 교직망"을 뜻한다. 그러므로 주네트에 의하면 문학 작품이란 그것을 구성하고 있는 문채들의 씨줄과 날줄이 서로 얽혀 있는 구조적인 망을 의미하며 텍스트란 바로 문채들의 이러한 구조를 의미한다.

이렇듯 문채의 수사학은 문채에 그 우선권을 부여하기 때문에 문채들의 지위가 전통 수사학에 비해 볼 때 격상되고 일반화되는 것은 결코 우연이 아니다. 주네트와 비슷한 맥락에서 토도로프는 문채 개념의 이러한 일반화 현상을 다음과 같이 지적하고 있다.

문채들이란 우리가 받아들이고 명명한 줄 아는 언어학적 관계들에 다름이 아니기 때문에 더욱더 문채라는 용어에 넓은 의미를 부여해야 할 필요가 있다: 문채를 낳게 한 것은 명명 행위이다. 작품의 서로 다른 층위들을 통해 읽어내는 문채들은 고전 수사학의 목록 속에 있지 않을 수도 있다.[71]

그러므로 문채란 작품을 구성하는 문학적 '형식들 formes'에 다름이 아니며 이러한 형식들의 목록은 고전 수사학이 수집해놓은 문채들의 목록의 한계를 뛰어넘는다. 문채의 수사

71) T. Todorov, *Poétique de la prose*, p. 250.

학은 문학적 형식들에 관한 이론이며 이는 곧 시학과 동일시
된다. 이렇듯 '문학적 형식'이라는 매개항을 중심으로 문학
이론·수사학·시학 등과 같은 관점들이 서로 겹쳐지게 된
다. "우리는 야콥슨과 더불어 문학 이론은 시학이라는 사실
을 인정"[72] 한다는 진술이 가능해지며 "문학적 형식들의 이
론을 간단히 말해 시학이라고 부르는 바"[73]라는 선언이 생겨
난다.

또한 러시아 형식주의 이래로 일상어와 문학어의 대립이
문학성의 문제를 규명하는 시학에 있어 중요한 문제로 대두
되었다면 바로 문체의 방법론을 규정짓는 일상적 의미 (또는
고유한 의미와 비유적 의미의 대립은 이러한 문제의 해결에
실마리를 던져줄 수 있는 것으로 간주된다. 바로 그러한 관
점에서 문체의 수사학은 전통 수사학에서 문체를 정의하기
위해 사용되었던 '일탈' '위반transgression/violation' '전이
transfert' 등의 개념들을 활용하여 문학 언어 또는 시 언어의
특성을 밝히려는 일련의 논의들을 개진한다. 여기서 자세히
거론하지는 않겠지만 장 코앙 Jean Cohen의 『시 언어의 구
조Structure du langage poétique』(1966)로부터 시작되어 주
네트와 토도로프를 거치는 이러한 논의는 수사학이 시학과
맺는 관계를 잘 보여준다.[74]

---

72) *Fiction et Diction*, Seuil, 1991, p. 15.
73) *Figures* III, p. 13.

그러나 이러한 문채의 수사학은 발화 주체들을 그 연구 영역에서 배제해버리고 언어를 의사 소통의 형상들 전체가 아니라 그로부터 폐쇄된 다소간 닫힌 체계로 취급함으로써 설득의 방식들 '전체'를 다루고자 했던 전통 수사학의 관점을 상당 부분 왜곡시켰다는 비판을 면하기 힘들어 보인다. 이 점에서 주네트가 최근의 논의에서 언표 énoncé가 아닌 언표 행위 énonciation라는 개념을 끌어들여서 문채의 개념을 다시 논의하려는 시도는 상당히 의미있는 작업으로 보인다.[75]

4) 수사학과 문채 연구

우리는 앞에서 문채로 '줄어든' 수사학의 '일반화' 현상을 거론한 바 있다. 즉 전통 수사학의 체계에서 보자면 일부분에 지나지 않는 구성 요소들—표현술/문채/전의—에게 어떠한 체계가 기능하는 원리를 전적으로 설명하는 막중한 역할을 부여하는 경향을 일반화 현상이라고 부를 수 있으며 이는 신수사학의 두드러진 특징임을 지적한 바 있다. 신수사학의 이러한 경향에 가장 커다란 영향을 끼친 이론가는 바로

---

74) 이에 대한 보다 자세한 논의를 위해서는 졸고, 「시와 부정성: 장 코앙의 부정성의 시학에 대한 고찰」(『불어불문학연구』 제40집, 1999)을 참조할 것.

75) *Fiction et Diction, op. cit.*, 이 가운데 「문체와 의미 작용 style et signification」 부분을 참조할 것.

로만 야콥슨Roman Jakobson이며 그의 언어학 또는 기호학
은(페렐만의 논증 이론과 더불어) 신수사학의 이론적인 전개
에 결정적인 전기를 마련해준 것으로 평가된다. 어느 문학사
가는 이를 다음과 같이 설명하고 있다.

수사학이 철학적 방법론에 재통합되었음을 가리킬 수 있는
관습적인 해는 페렐만의 작품인 『수사학과 철학 Rhétorique et
philosophie』이 출간된 해인 1952년일 것이다. 그러나 수사학이
언어학이나 비평, 문학 이론을 위해 재평가된 것을 치자면 정
확한 날짜를 지적할 수는 없다. 그러나 이러한 움직임의 주창
자들은 그 기원을 로만 야콥슨과 그의 『일반언어학』이 불어로
번역된 해인 1963년으로 주저하지 않고 지적한다. 그러나 이미
보았듯이 수사학의 철학적 재복원과 언어학, 비평, 문학 이론
을 위한 재평가 사이에는 원인과 결과의 관계는 존재하지 않는
다.[76]

이렇듯 야콥슨의 언어학이 신수사학의 이론적인 전개에
미치는 영향 및 중요성을 감안하여 여기서는 야콥슨의 언어
학에서 은유와 환유의 대립쌍으로 줄어든 수사학이 어떻게
일반화되는가를 살펴보기로 하자.[77]

---

76) Vasile Florescu, *La rhétorique et la néorhétorique: genèse, evolution,
  perspectives*, Les Belles Lettres, 1982, p. 173.

야콥슨은 우선 하나의 메시지를 구성하는 모든 단위들은 구조언어학이 잘 보여주고 있듯이 두 가지 서로 다른 축에 위치한다는 생각으로부터 출발한다. 즉 각각의 단위들은 한편으로는 다른 단위들과 '결합'되어 나타남으로써 그 '컨텍스트'를 형성하며 그것과 대체될 수 있는 다른 단위들과의 '선택'으로부터 얻어진다는 것이다. 이렇듯 화자는 선택과 결합이라는 두 가지 근본적인 기능에 의거해 언어학적 표현을 만들어내며 선택이 행해지는 축을 구조언어학의 용어로 '계열체의 축 pôle paradigmatique'으로, 결합이 행해지는 축을 '통합체의 축 pôle syntagmatique'으로 부른다: "화자는 말들을 선택하며 그것들을 문장으로 결합한다."[78]

　또한 선택의 축에 위치하는 단위들은 '유사성 similarité'의 관계에 있으며 결합의 축에 속해 있는 단위들은 '인접성 contiguïté'의 관계에 놓인다. 야콥슨은 바로 유사성의 관계를 '은유'의 개념에, 인접성의 관계를 '환유'의 개념에 결부시킨다.

　첫번째 과정이 선택/결합 또는 계열체/통합체의 언어학적인 관계에서 출발하여 유사성/인접성의 관계를 거쳐 은유/

---

77) 은유와 환유에 관한 야콥슨의 설명에 대한 보다 자세한 논의는 김욱동 지음, 『은유와 환유』 (민음사, 1999)와 정원용 지음, 『은유와 환유』(신지서원, 1996)의 3장 「은유와 환유」를 참조할 것.

78) R. Jakobson, *Essais de linguistique générale*, Minuit, 1953, p. 46.

환유의 대립쌍에 도달하는 과정이라면 두번째 과정은 이렇게 확립된 은유/환유의 대립쌍으로부터 출발하여 다른 체계를 설명하는 원리에 도달하는 과정, 이른바 일반화의 과정이다. 우선 야콥슨에 의하면 은유와 환유의 대립은 시와 산문의 대립을 설명해줄 수 있다.

유사성의 원리가 시를 지배한다. 시행들간의 율격의 대조나 각운들의 음성적 동일성은 의미론적 유사성과 대비의 원칙을 부가한다 〔……〕 반대로 산문은 필연적으로 인접성의 관계에 놓인다. 그 결과 시에는 은유를 산문에는 환유를 대치해도 무방하리라고 본다. (*Essais de linguistique générale*, p. 67)

한걸음 더 나아가 은유와 환유의 이항 대립은 장르의 구분을 넘어 문학적인 유파나 사조의 구분에도 유효하다. 즉 "은유적 방식들은 낭만주의나 상징주의 유파에 우선적으로 사용되는 데" 반해서 "환유의 방식은 '사실주의'라고 부르는 문학적 경향을 지배하고 규정짓는다"(p. 62). 이를 도표로 표시해보면 다음과 같다.

용어들간의 관계 / 층위	계열체적 관계	통합체적 관계
랑그	유사성	인접성
언어 행위	선택	결합
전의	은유	환유
장르	시	산문
유파	낭만주의 및 상징주의	사실주의

위의 도식은 은유와 환유의 이항 대립이 엄밀한 의미에서 언어의 영역에 적용되기까지의 과정만을 묘사한 것이다. 그러나 야콥슨에 의하면 이러한 이항 대립의 구조는 언어나 문학의 경계를 뛰어넘어 다른 기호의 체계들이나 인간의 행위 체계 전반으로까지 확장될 수 있다.

이 두 가지 방식들 가운데 어느 것이 우세한가의 문제는 비단 문학 예술에 국한된 문제는 아니다. 그와 같은 문제는 언어 이외의 기호 체계들에도 나타난다. 회화의 역사에서 이끌어낸 그 두드러진 예로서 대상을 일련의 제유들로 변형시키는 큐비즘의 명백히 환유적인 성향을 지적할 수 있을 것이다. 초현실주의 화가들은 그와는 반대로 명백히 은유적인 인식을 통해 대응했다. (p. 63)[79]

바로 여기서 일반화된 수사학은 기호학에 연결되며 한 두 개의 전의로 모든 것을 설명하려는 이른바 범수사학의 경향이 생겨난다.

야콥슨의 논의에서 주목할 만한 또 다른 점은 은유나 환유를 언어학적 메커니즘에 의거하여 분석하였다는 사실이다. 즉 전통 수사학에서 문채나 전의들의 정의 및 분류가 직관적이고 비체계적인 성격을 지녔다면 신수사학에서는 언어학적 방법론의 발달에 힘입어 보다 과학적이고 엄밀한 분석을 시도한다는 점이다. 그룹 뮈가 그레마스의 의미론의 성과를 토대로 제유의 메커니즘을 분석하는 것이나 화용론적 관점에서 아이러니의 메커니즘을 해명하려는 여러 시도들은[80] 모두 다 야콥슨의 분석에 힘입은 바가 크다고 볼 수 있다.

---

79) 또 다른 흥미로운 적용의 예를 들자면 야콥슨에게 영화 예술은 본질적으로 환유적인 방식에 의존하고 있는 것으로 파악된다: "그리피스의 작품들 이래로 영화는 각도와 원근법과 관점들을 다양하게 변화시킬 수 있는 고도의 능력과 더불어 연극의 전통과 절연했으며 유례없이 다양한 제유적인 장면들과 환유적인 몽타주들을 사용했다"(p. 63). 야콥슨은 죽기 직전에 가진 대담에서도 이를 재차 강조하고 있다: "영화 예술은 본질적으로 환유적이며 그런 까닭에 인접성의 유희를 밀도 있게 그리고 다양하게 사용한다"(*Dialogues*, Flammarion, 1980, p. 126).

80) 그 가장 대표적인 예로 C. Kerbat-Orecchionni의 작업을 들 수 있을 것이다; *L'implicite*, Armand Colin, 1986; "L'ironie comme trope," *Poétique* 41, Seuil, 1980.

수사학자 인물 색인 및 해설

고르기아스 Gorgias de Leontium(기원전 483~376) 시칠리아의 매우 유명한 소피스트 철학자로서 엠페도클레스의 제자로 알려져 있다. 기원전 427년 아테네로 와 이국적인 취향의 웅변을 당시 아테네의 식자층에 알리게 된다. 흔히 '고르기아스풍의 산문'으로 널리 알려져 있으며 플라톤의 『고르기아스』편을 통해 더욱더 잘 알려진 인물이라고 할 수 있다. 『헬레나 찬가』『팔라메데스 옹호』등과 같은 몇 개의 작품들이 현존한다.

데모스테네스 Demosthenes(기원전 344~322) 아테네의 정치가. 고대 그리스에서 가장 뛰어난 웅변가로, 아테네 시민들을 선동해 마케도니아의 왕 필리포스와 그의 아들 알렉산드를 대왕에 대항하도록 만들었다. 그의 연설문은 기원전 4세기 아테네의 정치 · 사회 · 경제 생활에 관한 귀중한 자료이다. 그는 또한 아테네의 모든 시민들이 연설문을 직접 쓸

만한 충분한 기술을 갖추지 못했기 때문에 생겨난 직업이라고 할 수 있는 '연설문 대필자'로서 부와 명성을 쌓은 인물로 기록되어 있다.

뒤마르세Dumarsais(1676~1756) 18세기 프랑스의 문법학자. 주로 문법과 논리학의 분야에 두드러진 업적을 남겼으며 1730년에 펴낸 『전의론』으로 유명해졌다. 1751년부터 철학자 디드로와 달랑베르가 주관하던 『백과사전』 가운데 문법과 관련한 항목들을 집필했으나 1756년 갑작스러운 죽음으로 중단된다. 그가 쓴 문법 항목들은 알파벳 A에서 G 항목까지 149개에 달하며 그 이후의 부분들——즉 G에서 Z까지——은 또 다른 문법학자인 보제에 의해 완성된다.

베르길리우스Vergilius(기원전 70~19) 로마의 가장 위대한 시인. 국민서사시 『아이네이스』——로마의 전설적 창시자 아이네이스의 이야기를 통해 신의 인도하에 세계를 문명화한다는 로마의 사명을 천명한 작품——로 가장 잘 알려져 있다. 1세기 후에 수사학자 퀸틸리아누스가 그의 작품들에 바탕을 둔 교과 과정을 제안할 정도로 그의 시 예술은 극도로 예찬되었으며 라틴어 교육이 계속되는 한 학교에서 베르길리우스를 가르치는 일은 계속된다고 말할 수 있을 정도이다.

보제 Beauzée(1717~1789) 왕립군사학교의 문법 교수로서 뒤마르세의 죽음(1756) 이후 미완성의 상태로 남겨진 『백과사전』의 문법 항목들을 집필함. 대혁명 이후 수사학자 마르몽텔 Marmontel과 더불어 『백과사전』 중에서 문학과 문법에 해당하는 항목들만을 따로 골라 세 권의 책으로 출간함으로써(1782/1784/1786) 그의 작업이 널리 알려지게 된다.

뷔퐁 Buffon(1707~1788) 프랑스의 박물학자. 1749년에 쓰기 시작한 자연사에 관한 『박물지』로 유명함. 아카데미에서 행한 연설(「문체에 관한 연설」)에 나오는 "문체는 곧 인간이다"라는 인구에 널리 회자되는 말을 남긴 것으로 알려져 있다.

줄리어스 빅토르 Julius Victor(4세기경) 키케로와 퀸틸리아누스에게 영감을 받았으며 *Ars rhetorica*를 저술했다.

아리스토텔레스 Aristoteles(기원전 384~322) 고대 그리스의 철학자. 플라톤과 함께 그리스 최고의 사상가로 꼽히는 인물로 서양 지성사의 방향과 내용에 매우 큰 영향을 끼침.

엠페도클레스 Empedocles(기원전 490~430) 그리스의 철학자·정치가·시인. 아리스토텔레스는 그를 수사학의 창시자라고 찬양한 바 있다. 흔히 사원소론—"모든 물질은 불·공기·물·흙의 네 가지 본질적 요소들의 합성물이며 사물은

이 기본 원소들의 비율에 따라 서로 형태를 바꿀 뿐이며 어떠한 사물도 새로 탄생하거나 소멸하지 않는다"—의 창시자로 더 알려져 있다.

이소크라테스 (기원전 436~338) 고대 아테네의 웅변가·수사학자·교사. 비교적 유복한 가정에서 자라나 소피스트인 고르기아스의 제자로 수사학을 배웠다. 그의 저술은 당시 아테네의 정치적·지적 생활에 대한 중요한 자료로 꼽힌다. 그가 세운 학교는 플라톤의 아카데메이아와는 설립 목적이 달랐으며—즉 플라톤의 아카데메이아의 교육이 본질적으로 철학적이었던 반면 이소크라테스의 교육은 거의 전적으로 설득의 기술, 즉 수사학에 중점을 두었다—이 학교의 학생들 중에는 당시 그리스 각지에서 온 유명한 인물들이 많았다. 당시 웅변가가 되려는 사람들이 그것부터 시작하는 것이 일종의 관례였던 연설 원고를 써주는 일로 명성을 얻었으나 대중 연설가에게 필요한 좋은 목소리에 자신감이 없었기 때문에 교육으로 관심을 돌려 40년이 넘게 주로 비싼 수업료를 낼 여유가 있는 사람들이 공적 생활을 성공적으로 해낼 수 있도록 교육하는 데 힘썼다.

제논(기원전 335~263) 그리스의 철학자·수학자. 아리스토텔레스가 변증법의 발명자라고 부른 인물로서 특히 역설

(이른바 '제논의 역설')로 유명하다. 수사학에 대한 몇 편의 단상들이 남아 있다.

코락스(기원전 5세기 경) 흔히 그의 제자 티시아스와 더불어 수사학을 '창안'해낸 것으로 알려져 있는 시칠리아인으로 그가 남긴 텍스트는 물론 남아 있지 않다

퀸틸리아누스(35~95) 고대 로마의 교육자·작가. 로마의 식민지였던 스페인의 칼라구리스에서 태어나 일찍이 수사가였던 아버지를 따라 로마에서 교육을 받았다. 로마에서 교육을 받은 뒤로 스페인으로 되돌아가 수사학을 가르쳤던 그는 그곳의 총독이었던 갈바 장군을 따라 68년에 다시 로마로 돌아와 88년에 웅변가이자 교육자로서 은퇴할 때까지 20년 동안 일했다. 베스파시우스 황제 치하 (69~79)에서 라틴어 수사학을 가르치는 대가로 최초로 국가로부터 봉급을 받았으며 티투스 황제와 도미티아누스 황제 치하에서는 로마에서 지도적인 교사로서의 직위를 갖게 되었다. 웅변이 로마 시대에 이르러 쇠퇴한 이유를 체계적으로 기술한 것으로 알려진 책이 있으나 소실되었으며 그의 주저는 '이상적인' 변론가가되기 위해서 필요한 모든 것을 '교육'의 관점에서 기술한 모두 12권으로 된 『웅변교육 *Institution Oratoire*』를 들 수 있다. 유아기 이후의 전체 교육 과정이 웅변가 훈련의 주된 내용과

연관된다고 믿은 그는 이 책의 1권에서는 수사학 교육에 들어가기 전의 단계를, 2권에서는 수사학 교육의 단계를 기술하고 있으며 3~11권은 수사술의 다섯 가지 영역들을 다루고 12권은 훈련을 완전히 받은 후 활동중인 이상적인 웅변가에 대해 다루고 있다.

키케로 Cicero(기원전 106~43) 로마의 정치가 · 법률가 · 학자 · 작가. 로마 공화국을 파괴한 마지막 내전 때 공화정의 원칙을 지키려고 애썼지만 실패했다. 저술로는 수사학 및 웅변에 관한 책, 철학과 정치에 관한 논문 및 편지 등이 있다. 오늘날 그는 가장 위대한 로마의 웅변가이자 라틴 수사학의 대변자로 알려져 있다.

타키투스(55~120) 로마의 역사가. 웅변과 시 가운데 어떤 것을 선택해야 하는가, 로마의 웅변은 그리스의 웅변을 능가하는가 그리고 웅변이 타락한 원인은 무엇인가 등의 문제를 다룬『변론가들의 대화』의 저자로 알려져 있음.

퐁타니에(1768~1844) 19세기 프랑스의 문법학자로서 문법에 관련된 여러 저술들을 남겼으며 라신, 브왈로, 볼테르 등의 작가들의 작품을 편집하기도 했다. 각각 1821년과 1827년에 간행된 전의들에 관한 일련의 책들로 잘 알려져 있다. 동시대인들에게는 주로 문법학자로 각인되던 그가 수사학의 역사 속의 중요한 인물로 간주되기 시작한 것은 문학평론가 제라르 주네트가 『담론의 문채들 *Figures du discours*』이라는 제목으로 위의 두 책을 편집하여 출간한 것(1967)과 거의 때를 같이한다.

플라톤(기원전 428~348) 고대 그리스의 철학자. 서양 문화의 철학적 기초를 마련한 고대 그리스의 위대한 철학자이다. 논리학·인식론·형이상학 등에 걸친 광범위하고 심오한 철학 체계를 소개했다.

헤르마고라스 Hermagoras(기원전 약 2세기 중반경) 스토아학파의 영감을 받은 수사학자로 그의 작품은 소실되었으나 키케로나 헤르모게네스를 위시한 라틴 수사학자들이 모두 커다란 영향을 받았다고 공언할 정도로 중요한 인물이라고 할 수 있다.

헤르모게네스 Hermogenes(2세기말~3세기초) 벌써 15세에 유명한 웅변가가 되었던 조숙한 천재 소년으로 알려져 있으며 수사학에 관해 쓴 책들 가운데 『문체의 범주들』과 같은 작품은 학교에서의 수사학 교육을 위한 개론서로 채택되어 많은 주석의 대상이 되었다.

참고 문헌

Aristote, *Rhétorique*, Paris: Livre de Poche, 1991.

Bary, R, *La Rhétorique françoise*, Amsterdam, 1669.

Beauzée, N, *Encyclopédie méthodique*, Grammaire et Littérature, Paris: Panckoucke, 1782/1784/1786.

Cicéron, *L'Orateur*, Paris: Les Belles Lettres, 1964.

_____, *De l'orateur*, Paris: Les Belles Lettres, 1971.

Dumarsais, *Des Tropes ou Des Différents Sens*, Paris: Flammarion, 1988(1730).

Fontanier, P, *Figures du discours*, Paris: Flammarion, 1968(1830).

Gibert, *La Rhétorique ou les Règles de l'Eloquence*, Paris: 1730.

Le Gras, *La Rhétorique françoise*, Paris, 1671.

Quintilien, *Institution oratoire*, Paris: Les Belles Lettres, 1978.

Rhétorique à Herennius, Paris: Les Belles Lettres, 1989.

Barthes, R, "L'ancienne rhétorique," *Communications* 16, 1970.

Curtius, *La littérature européenne et le Moyen Age Latin*, Paris: PUF, 1956.

De la métaphysique à la rhétorique/édité par Michel Meyer, Bruxelles: Eds. de l'Univ. de Bruxelles, 1986.

Desbordes, F, *La rhétorique antique : l'art de persuader*, Paris: Hachette, 1996.

Figures et conflits rhétoriques/édité par M. Meyer et A. Lempereur, Bruxelles: Eds. de l' Univ. de Bruxelles, 1990.

Florescu, V, *La rhétorique et la néorhétorique : genèse, évolution, perspective*, Paris: Les Belles Lettres, 1982.

Fumaroli, M, *L'âge de l'éloquence*, Paris: Albin Michel, 1994.

Gardes-Tamines, J, *La rhétorique*, Paris: Armand Colin, 1996.

Genette, G, *Figures* I, II, III, Paris: Seuil, 1966~1972.

Groupe μ, *Rhétorique générale*, Paris: Larousse, 1970.

_____, *Rhétorique de la poésie*, Paris: Seuil, 1990.

_____, *Traité du signe visuel : pour une rhétorique de l'image*, Paris: Seuil, 1992.

Jakobson, R, *Essais de linguistique générale,* Paris: Minuit, 1963.

Kibédi-Varga, A, *Rhétorique et littérature*, Paris: Didier, 1970.

Molinié, G, *Dictionnaire de rhétorique*, Paris: Livre de Poche, 1994.

Morier, H, *Dictionnaire de rhétorique et poétique*, Paris: PUF, 1981.

Patillon, M, *Eléments de rhétorique classique*, Paris: Nathan, 1991.

Perelman, C, Olbrechts-Tyteca, L, *La nouvelle rhétorique, traité de l'argumentation*, Bruxelles: Eds de l'Univ. de Bruxelles, 1976.

Perelman, C, *L'empire rhétorique : rhétorique et argumentation*, Paris: Vrin, 1972.

Reboul, O, *La rhétorique*, Paris: PUF, 1990.

Reboul, O, *Introduction à la rhétorique*, Paris: PUF, 1991.

Ricoeur, P, *La Métaphore vive*, Paris: Seuil, 1975.

Todorov, T, *Théories du symbole*, Paris: Seuil, 1977.

김현 편, 『수사학』, 문학과지성사, 1985.

박우수, 『수사적 인간』, 민, 1995.

_____,『수사학과 문학』, 동인, 1999.

양태종,『수사학 이야기』, 동아대학교 출판부, 1999.

_____,『고대 수사학 연구 — 키케로를 중심으로』, 한국 외국어대학교 박사논문, 1991.

올리비에 르불,『수사학』, 한길사, 2000.

이대규,『수사학: 독서와 작문의 이론』, 신구문화사, 1998.

정원용,『은유와 환유』, 신지서원, 1996.

코린 쿨레,『고대 그리스의 의사 소통』, 영림카디널, 1999.

문지스펙트럼

제7영역 세계의 고전 사상